河 边

陈玉芬 

中国财富出版社有限公司

图书在版编目（CIP）数据

河边 / 陈玉芬著．—北京：中国财富出版社有限公司，2020.6
ISBN 978-7-5047-7163-6

Ⅰ．①河…　Ⅱ．①陈…　Ⅲ．①长篇小说—中国—当代 Ⅳ．①I247.5

中国版本图书馆 CIP 数据核字（2020）第 096692 号

策划编辑　李小红　刘瑞彩　　责任编辑　齐惠民　李小红
责任印制　梁　凡　　责任校对　张营营　　责任发行　董　倩

出版发行　中国财富出版社有限公司
社　　址　北京市丰台区南四环西路188号5区20楼　　邮政编码　100070
电　　话　010-52227588转2098（发行部）　　010-52227588转321（总编室）
　　　　　010-52227588转100（读者服务部）　　010-52227588转305（质检部）
网　　址　http://www.cfpress.com.cn　　排　　版　时代出书网（北京）国际文化传媒中
经　　销　新华书店　　印　　刷　三河市宏顺兴印刷有限公司
书　　号　ISBN 978-7-5047-7163-6 / I・0312
开　　本　710mm×1000mm　1/16　　版　　次　2020年7月第1版
印　　张　12.5　　印　　次　2020年7月第1次印刷
字　　数　186千字　　定　　价　39.00元

三生石上刻情缘

万年始度梦中牵

目录
CONTENTS

楔　子

时间犹如一道闪电转瞬即逝，徒留下青春的光影；时间，又像一列加速行驶的火车，在城市之间，在动静之间，定格了美好和难忘。白色的高铁列车在曹兰芝的目光里歇息了一分钟，从里面走出一些形形色色的人，又有一些人走了进去，并没有喧哗的人声。

渐渐地，曹兰芝喜欢上独自一人去离城不远的湿地公园，那里有一个水榭。在这个北方小城难得飘雨的日子里，湖波悠悠，雨丝轻柔，空气里弥漫着泥土的芳香。坐在亭中，泡上一壶茉莉花茶，搁在面前古朴的石桌上，只要浅浅斟上一小茶盅，周围便都是茉莉花茶的幽香了。这花茶的香气让兰芝的思绪如长了翅膀一般飞越千山万水，飞回那记忆中的河……

第 1 章

岁月流淌，古老的黄土高原进入百业待兴的八十年代中期。如果说每一个年代都有自己特定的音符，那么八十年代的音符就是一种整齐而轻快的升调，唱响了人们心中所有的渴望和憧憬。

初春的阳光，有着蓬勃的力量和青春的气息，这样的阳光，令人兴奋和激扬。洁白的云朵快乐地飘在空中，它们时而奔跑，时而拥抱，远远望去像一顶白色的帽子戴在远处的山上。

一个星期一的早晨，十八岁的高中生李峰骑着一辆崭新的飞鸽牌自行车，哼着歌去学校。他的家在县城边上阳镇的河西村，离城里的学校有十多里路。其他同学平时都住校，每个星期六才回一趟家，到星期一再返回学校，而李峰每天晚自习后都要到邻村保健院接姐姐回家。这个星期则不用，因为姐姐去外地培训了。当然，这点路对于庄户人家的孩子来说根本不算啥，不过一个钟点的事。

在河西村，李峰家里的光景还算不错的。李峰他爹有木匠手艺，在上阳镇还叫上阳公社的时候就在公社的木器厂干活。前两年土地分给个人，木器厂解散，李峰他爹农忙时在家种地，农闲时就出去揽些木匠活干。本村里有几家孩子不愿意上学的，就跟着他做学徒，大家都叫他老李。老李为人和善谦虚，在村里也算是见多识广的人。李峰他娘身子骨有些弱，只生了李峰和他姐姐一双儿女，这在大多数家庭兄弟姐妹五六个的年代，他们家的人口是单薄了些，但比起那些干活的人少、吃饭的嘴多的人家，他们家的日子算是不错的，李峰可以说从小就没受过什么委屈。姐姐李丽初中毕业后，在邻村卫生保健院里当卫生员，她一向疼爱弟弟，这不，李峰骑的“飞鸽”就是她攒了一年的钱交给了爹娘给弟弟新买的。李峰原来上学骑的那辆老“永久”，就成了家里的“公车”。父亲去别人家做木匠活时骑上可带些工具；姐姐出远路时就骑一下；娘不会骑自行车，但也可以推着它赶个集什么的，买了东西绑在后座上推回来，怎么也比那木头的手推车轻省。

李峰把车子蹬得飞快，车钥匙上的红绸子在风中飘舞。他不禁偷偷地乐着，感慨自己有一个这么贴心的姐姐，心想等自己将来学业有成一定好好回报姐姐。新车子就是好骑，轻轻一蹬就蹿出一米多远。路边的庄稼地里，飘出一股浓浓的大粪味，如今这里种地还是以人力和畜力为主，但有些农户已经买了小型的手扶拖拉机，“突突突”的声音伴随着不时喷出的黑烟，为亘古不变的黄土地增添了新的生机。一些村镇的围墙上，在白色底墙上用红色油漆刷的“千万不要忘记阶级斗争”的口号还依稀可见，“大干快上”“力争上游”的标语牌也非常醒目地立在道路两边的墙上。

此刻李峰的心里盘算着一件“大事”。这次回家，爹到集上割了二斤猪肉，娘切下一半包了饺子，一家人美美地吃了一顿。另一半加咸菜丝和两个干红辣椒炒了，装在一个铝饭盒里全都让李峰带到了学校。学生们每月交十五元钱餐费，在学校的食堂里吃大锅饭大锅菜，平时少见荤腥，有心疼孩子的爹娘，就会趁孩子回家时准备些好的吃食给孩子带上贴补贴补。饭盒一路摇晃着，隔着挂在车把上的尼龙布兜，李峰似乎还闻到了一丝香味。娘的手艺真是不错，这一饭盒肉菜要是打开，眨眼间，准会被身边那群馋猫饿狼一般的同学给抢光了。他准备先忍一忍，等到这星期过半时再拿出来，算是和宿舍里的那些伙伴们一起聚个餐。

离学校还有四五里路的时候，李峰一眼瞥见路边有个熟悉的身影，那人正背着一个洗得发白的军绿书包大步向前，那是他的同学柱子。柱子和李峰是一个村的，两人小时候一起尿尿和泥、捉知了、掏鸟蛋、偷桃子、烤蚂蚱……偷鸡摸狗、调皮捣蛋的事常常联手，感情深得胜过亲兄弟。柱子家兄妹三人，哥哥没念过几年书就跟着李峰的父亲学做木匠活，早早地成了家单过了，家里只有爹娘和妹妹小玉。柱子比李峰大一岁，早上了一年学，但是他开窍晚成绩跟不上，一年级念了两遍，后来柱子凭着一股子韧劲儿，功课慢慢赶上来，到初三快毕业的时候，已经是中等水平了。中考时，他超水平发挥，竟然考进了县一中。发榜的时候，柱子正和他爹一起推着几袋麦子到镇上的面粉厂换白面，听说自己考上了高中，柱子半天没回过神来。柱子他爹腿脚不好，家里的光景也不好，很少有在人前挺直腰板的时候，现在儿子考得不错，总是一件光彩的事，无论如何也得供儿子继续念书。开学后，柱子和李峰这一对好伙伴又分到了一个班里，自然就比别的同学更为亲近。

李峰一个劲儿地摁铃，引得柱子回头。“怎么今天没骑车子？”

柱子挠挠后脑勺，憨憨地一笑：“我爹有急事骑走了。”柱子的目光落在李峰锃亮的新车上，惊叫道：“你换车子啦？这车真不赖！来，让我骑会儿。”

两人的个子差不多高，柱子更壮实一些，李峰则是挺拔瘦劲的体形。柱子飞身上车，带着李峰直奔学校驶去。

进了县城，快到学校了，车子奔驰在下坡的路上，李峰在后面捏着柱子的背：“前面人多，你慢着点。”

“没事，”柱子正在兴头上，一只手按着车把，另一只手连连摆动，“这算什么，我——”

话音未落，一个俏丽瘦弱的女生从左边的小路上走来，柱子躲闪不及，眼见就要撞着。柱子将车把一歪，车子擦着那女生的衣角滑过，奔着路右边的沟就下去了。那个女生惊叫一声，稳住心神后，怔怔地回头去看那两个掉进路沟的男生。

两人连人带车一起栽到沟里，好在路沟不算深，李峰和柱子没受伤，身上沾满了落叶和尘土，原本的自豪感早已踪迹全无。而那个“肇事”的女生羞红着脸，右手指顶着嘴唇，左手紧张地插到裤子口袋里，正向这边回望。这俩小伙子不约而同向她摆手，示意她这边没事。

那女生感激地又望了他们一眼，扭头跑了。李峰和柱子这才拖着自行车爬上来，柱子顾不得拍打身上的尘土赶紧检查车子，发现后瓦盖摔变形了，描着金色花纹的链子盒上也擦掉一块漆。他一下子涨红了脸："这可咋弄，第一天骑出来的新车子……"

李峰看着车子直咧嘴，心想到周末骑回去，就该被父亲没收了。可看着柱子自责的样子，李峰赶紧说道："没事没事，校门口修车的王大爷来活了，找他修一修就好。"

柱子惊魂未定，忽然又想起一件重要的事情，他压低声音在李峰耳边说："知道刚才过去的那个女学生是谁吗？"

"谁？"

"高一一班曹兰芝啊！"

李峰的耳朵被震得嗡嗡响，他推了柱子一把："你知道的倒挺多，曹兰芝是谁？"

柱子不好意思了，又开始挠后脑勺："我听一班的人说的，咱们学校的校花啊！比咱们低一级。"

当两人折腾到学校时，第一遍预备铃已经响了，他们锁好车子，一溜儿小跑冲进教室。

县一中建校早，基础设施和学生资源不如后来新成立的二中。二中位于县城的中心位置，学生大都是从本县最好的初中新华中学直升上来，而县一中虽然规模大，但生源也杂，除了城中走读的学生，周围村镇的农家子弟占了很大一部分。学校的宿舍是一幢三层的青灰色筒子楼，三层住女生，一层二层住男生和教职员工。宿舍里面是上下层的大通铺，一间宿舍能挤下十余个学生。对于二中，大家表面上不屑，其实也是不无羡慕的，只说人家那标准的篮球场和实验室，就不是一中所能比的。在两校之间的各种文体竞赛中，一中的野路子根本比不上人家的训练有素，常常是输得满校的学生都垂头丧气，连校门口摆摊卖瓜子的都知道“一中不第一，二中不第二”的顺口溜。

要说一中完全被二中打压得抬不起头来，这倒也不见得。一中有两大优势是二中无法相比的：一是一中建校早，占地面积大，校园里的树木都是年代感十足的参天大树，一到夏天林木繁茂，在这黄土高原上是难得一见的景象。校园外的东北方向，更有一座据说建于唐代的古塔，塔尖高耸入云。在校园里拍照，这座古塔就是最好的背景，拍出来的照片就有了不一样的格调。塔是县里的重点保护文物，但在一中师生的心目中，这塔就是他们学校的。另一个让一中人引以为傲的是一中文风甚浓。这是一位当地走出来的全国知名作家说的，是很有说服力的。一个高中也讲什么“文风”吗？那当然。八十年代的大学生是天之骄子，高中生也是未来的栋梁，是有资格谈风气的。在连报刊上的征婚启事都注明“本人热爱文学”的时代，文学梦孕育生长在每一个角落。本地区的刊物《花蕾》上，时常有一中师生的文章发表。风景这边独好的校园，又有“未来作家摇篮”的称誉，这让县一中有了独特的魅力。

前年秋天，当李峰怀着自己的理想第一次踏入一中的大门时，就立即被这所学校深深吸引了。他如同一棵从荒原刚刚移植到沃野的小树，在最适宜的阳光和水分的滋养下舒展了枝叶。语文老师兼班主任任建光，可以说是他离开父母之后的第一位引路人。任建光老师是高一下学期开始带李峰他们班的，他是省师专毕业的，文学功底深厚，还是《花蕾》的特约通讯员。任老师注意到李峰这个普通的学生，虽然学习成绩一般，但组织活动和吃苦的能力非一般城里孩子能及。

去年植树节，一中组织全校师生到西山郊区种树。与其说是一种劳动锻炼，不如说这是一次让人期待已久的春游。同学们以班级为单位排好队，在老师的带领下浩浩荡荡走出校门，一路唱着歌到西山。西山说是山，其实是一片黄土塬，虽说学生们大都是农家子弟，自幼见惯了这连绵不断的沟沟坎坎，这时却是刚从教室里放出来，但见这天高地阔，草木萌生，心中不由得也升腾起一种欢欣自由的感觉。李峰所在的高一二班分到了九十棵小树苗，任老师又平均分给了六个值日小组。李峰是第二小组的组长，接到小组劳动竞赛的任务后，他在心里盘算了一下，他们组在人力方面没有优势，比其他小组少了一人不说，其中还有四个是体力相对较弱的女同学。要想在竞赛中获胜，真的要合理分工才成。

任建光老师是植树竞赛的督导员，也是裁判员，各个小组的进展情况他都看在眼里。他还真观察出不少问题：有的小组一味蛮干，乱哄哄地各行其是，效率自然不高；有的小组很聪明地实行了“大包干”，把树苗分到每个人头上，希望最大限度地调动起同学们的积极性，可这样一来，大家争铁锹抢水桶闹得面红耳赤，内耗严重……看来看去，只有第二小组的分工协作安排得最好，李峰分派四个女生负责填土浇水，一个机灵的男生运送树苗，而自己和另一个身体强健的男同学包揽了最吃重的挖树坑任务。他干得大汗淋漓，还不忘提醒组里的同学供上水、压实土。任老师细细观察着他，觉得这个学生很是不同，心里路数清楚，又不耍滑有担当，是个可造之材。

从那以后，任老师有机会总忘不了指点下李峰。那种正式的促膝谈心虽不常有，但在校园里偶然碰上，或是李峰到办公室问完功课，任老师总会随便和他拉几句家常。对于当时的学生来说，考大学犹如是千军万马过独木桥，鲤鱼跃龙门的概率实在太小。任老师教了十几年书，见过太多本身成绩不错的农家子弟高考失利，无奈之下只好返回农村“修理地球”的情况。刚开始时，还能从他们身上看到读书人的影子，几年、十几年过后去，曾经意气风发的少年结婚生子背起生活的重担，再相见时，一个个抄着手，佝偻着腰，已是地地道道的庄户人模样了。任何一位老师都希望自己教过的学生活得和他们的先辈有不一样的地方。他对李峰提出了两点希望：一是要多读书，文学的、历史的、自然科学的都要看一看，因为读书带来的改变不在一时，读书会潜移默化地影响一个人；二是不管将来能不能念大学，都要尽量走出去，往远走，往大地方走，因为人生如同登台阶，如果你站的位置太低，就永远看不到高处的风景。

李峰是个有心人，这些话他都默默地记下了。往远走，往大地方走，那是长大以后的事，对于此刻的李峰来说，多读一些书也可以开阔视野。离一中不远就是县文化活动中心，那里的图书馆和阅览室是对外开放的，自然也就成了李峰在课余时间去的最多的地方。一开始，他是带着充实自己的目的去读书的，读来读去就读出了滋味，没书看的日子就像是菜里少了盐一样难受。

直到许多年后，李峰对那承载了他少年时光的图书馆依然记忆犹新。几元钱办一个借书证，可以用一年。他常常趁周末下午放学后，骑自行车飞速赶到图书馆里借一本书拿回家去读，一个星期后再去换新的。当时全国小县城的图书馆，收录的图书大同小异，文学类以中外名著为主，也有港台文化名人的小说杂文选集和新派武侠作品，很有一种百花齐放的气象。这也体现了一个时代的缩影，改革的春风吹起来，打破了固有的格局，而新的秩序还没有完全理顺，杂乱无章和欣欣向荣，形成了一种奇妙的对立和统一。

曹兰芝的家，就在一中到文化活动中心的那条道上。每个中学校园里，差不多都有几个尖子生是全校闻名的，同时，也会有几个漂亮的女生，成为大家枯燥的学习生活中一抹亮丽的色彩。曹兰芝就是那个被称为“校花”的女生。校花的评选，一般是在后进生的小团体里进行的。除了身材相貌之外，打扮出挑、气质文静也是必要的标准。曹兰芝如同一枝三月的桃花，清凌凌、水艳艳地开在人们心头，哪怕只是惊鸿一瞥，也无法忽略她带来的安宁和美好。尽管曹兰芝现在只是高一的学生，刚刚进入一中一个多学期就备受瞩目，连柱子这样的老实孩子都听说过她的名字。但在好学生眼里，校花犹如一道可望而不可即的风景，等到时过境迁，五十岁过后，这些腼腆的好学生借着酒力也许才敢说出当年藏在心里的话。

兰芝的妈妈是县棉纺织厂的临时工，但年年都是先进，家里用的枕巾、暖壶和那个大红牡丹花图案的搪瓷洗脸盆，都是妈妈得来的奖品。兰芝的姑姑是这个厂的车间主任，为了方便兰芝姐弟俩上学，她把厂子里分给自己的两间小公房，特意让给兰芝一家居住。里外两间，都被妈妈收拾得干净整齐，就连那个已经用了许多年的白色的确良布绣的喜鹊登梅花门帘，也都洗得清白透亮。兰芝的爸爸在本县一家个人煤矿开大车，常年跑外，勤劳而慈爱，每次回家都带些红薯或核桃之类的土特产。早年父母都忙于工作，兰芝和弟弟都是在姥姥家长大的，每年暑假姐弟俩就坐着爸爸的大卡车去姥姥家。姥姥家在不远的矿区，那里有一条河，一到夏天吃完早饭，兰芝便领着弟弟去河边捞鱼、扑蝴蝶，有时还给姥姥挖一些野菜，姐弟俩先后把野菜拿到姥姥眼前，乐得老人一直说："我这外孙没白疼，放假就来看我，还孝顺。"

兰芝念初二那年的冬天，有天她刚写完作业，正在里屋的床上看课外书。院子里突然传来一阵嘈杂声，妈妈被邻居郭阿姨和单位的几个人搀扶着进了家，一进家就抱着跑上前的弟弟大哭了起来。一旁的郭阿姨说道："可怜的孩子，这可怎么活啊。"

兰芝也赶紧跑到妈妈身边，焦急地问道："怎么了，妈？"

一看到兰芝，妈妈又一把把兰芝揽在怀里，泣不成声地看着天："老天爷，你就看不到我家这俩孩子多可怜吗，没有爸他们可怎么活啊？！老曹，你这个狠心的，孩子们还这么小，你就扔下我们娘儿仨不管啦！"

兰芝和弟弟终于明白发生了什么事，三个人相拥而泣，周围的人一起把兰芝妈妈扶到床边，兰芝和弟弟也跟着妈妈不停地抹着泪。

以后的日子里，只要看到妈妈红肿的双眼，兰芝和弟弟就不由得哽咽，却不敢哭出声。在兰芝的记忆里，天空从那时起好像变成灰色一般，眼前灰蒙蒙一片，看不清路，她再也吃不到红薯和白嫩的青皮核桃了。

两年过后，尽管亲朋好友一直想给兰芝的妈妈介绍对象，妈妈却一直没有答应。一天晚上，郭阿姨与妈妈聊天说道："你这两年领着兰芝和小亮，里里外外都是自己一个人，就没想过再向前走一步？找个人互相也好有个照应啊。"

兰芝听到自己的名字，便搁下了书。只听妈妈轻轻地叹了一口气，柔声说道："我也想给孩子找个父亲，在他们这样的年龄是需要父爱的，但我想着凭自己上着班，生活还能顾得过来，也就不愿意去找个人将就。万一和孩子们合不来，我心里更难受，也对不起我家老曹。"

郭阿姨接过话来："也就是你，这些年你一个女人带着孩子过日子，却一点闲言碎语都没有！"

"这也不算什么吧，人心都是肉长的。我对人家尊重客气，人家难道还偏偏找我麻烦不成？要是自己凡事都找人帮忙，话说得不清不楚的，就别怪被人误会了。"

兰芝从这边的小窗口望去，正好能看到妈妈被灯光勾勒出的侧影，忽明忽暗的身影透露着一种平和，平和中又带着几分坚强。

又一个绿叶成荫、石榴花嫣红的五月初六，兰芝迎来了她十七岁的生日。中午放学回家，妈妈已经做好了饭。这顿饭是她早就盘算好了的：农贸市场上买来一只鸡，鸡脯肉切下来，配上绿色的黄瓜丁、红色的油炸花生米，这是兰芝最喜欢吃的辣子鸡；主食是鸡汤手擀面。妈妈做的面条又滑又韧，兰芝一个小姑娘，硬是吃了两大碗，弟弟小亮也高兴地吃了两碗。吃罢饭，兰芝抢着去洗碗，妈妈拍拍她的头，就由她去了。

一阵风吹过，院子里的杨絮像雪花一样纷纷飘落，又像千万只小精灵在空中四处飞舞。兰芝突然很想爸爸，这是这个家里一种难以弥补的缺憾。

有一段时间，兰芝在学校里遇到了一件烦心的事。

本来她在班级里是那种最让老师省心的学生，成绩中等偏上，也不爱出风头，平时只和几个要好的女同学交往。不料这些天里，偏偏有人来招惹她，这个人就是本校高二一班的刘凯亮。

凯亮的爸爸是县城最大的农机厂的一个中层领导。凯亮从小的爱好就是和厂里家属区的孩子拉帮结伙打群架，小时候靠着小聪明成绩还算过得去，中考时虽费了点劲儿，最终也被爸爸托关系塞进了一中。

高中念了一年多，凯亮混成了老师嘴里的"渣滓"学生，他自己却洋洋得意，和同班的胖子、黑子，还有念高一的堂弟凯飞天天到处惹是生非。这时的凯亮正处于喜欢伪装“社会人”的阶段，他心目中的社会人应该是这个样子：戴着墨镜、吹着口哨，在人多热闹的地方追女生。凯亮长得人高马大、鼻直口方，再扣上一副大墨镜，吹着口哨，还真有几分“社会人”的模样。

自从得知爸爸出轨单位的一名会计后，学习成绩本来就不好的凯亮，脑海里回响的都是爸爸的摔门声和妈妈的哭泣声，慢慢地，老师讲的课对他来说就像天书一样。妈妈经常被爸爸打得青一块紫一块，最终只能离婚自保。妈妈走了，凯亮也不愿意和爸爸生活，没有征求任何人的意见，他就搬到了爷爷奶奶家。他恨爸爸的无情和不负责任，同情母亲的懦弱，他们原本是同学，从小青梅竹马，但随着爸爸地位的提升，夫妻之间渐渐变得无话可说，爸爸处处看妈妈不顺眼。爷爷和奶奶一味地心疼孙子，出于补偿心理，对凯亮是百依百顺。在这样的环境下，不出一年，凯亮在自暴自弃间有了一帮“好哥们儿”的陪伴。

几个混混无恶不作，只剩下当街拦截女孩求爱这一项没实践过了。黑子给凯亮出了一个主意，决定就地取材，就拿本校的女生练练手。本校漂亮的女生就属高一的曹兰芝和高二的陈晓华了。兰芝和晓华是一个院的邻居，两家大人处得非常好，兰芝和弟弟也经常在晓华家吃饭，她俩上下学也自然一起。凯亮暗暗比较了一下，感觉陈晓华有点像他爸爸找的那个年轻会计，报复的心理驱使他要好好收拾一下她。

放学的路上，凯亮冷冷地穿越人群拦住陈晓华说：“哎，交个朋友，走，我请你吃雪糕！”

陈晓华给他一个白眼，骂道：“流氓！”

他响亮地答应道：“呦，你怎么知道我的名字？”此时的凯亮，就像电影《流浪者》中的拉兹一样。

凯亮刚要追上去，黑子的一声口哨让他止了步，原来班主任任老师骑着自行车往这边过来了，几个人刺溜一下便消失了。

凯亮和他的兄弟们逃了一节体育课，守在校门口的东面等陈晓华。没过多久，放学的铃声响起，同学们三五成群涌出校园。黑子一眼就在人群里发现了陈晓华。“哎，长得像你后妈的那个女生出来啦。”

初夏的天气还有点凉，陈晓华却已经换上了一条白底碎花的裙子，刘海微微卷曲，十分惹人瞩目。

凯亮躲在角落里，拿着一个瓷缸用力一泼，泼完正准备往胡同里跑，却听见一个清脆的声音：“这是谁干的？”他停下脚步一看，原来被泼的是自己的偶像曹兰芝。只见她从头到脚都水淋淋的，眼睛被水泼得半天没睁开。这下可糟了，哥们儿几个排兵布阵好几天就是要狠狠把陈晓华浇一顿，结果却把曹兰芝给浇了，凯亮既心疼又懊丧，直用眼睛瞪黑子。

陈晓华跟过来，看到兰芝被浇成这个样子，赶紧掏出手绢给她擦脸，边擦边冲逃跑的刘凯亮喊：“你等着，我叫我哥找你算账！”

这场失败的行动让凯亮好几天没有睡好，脑子里一直萦绕着兰芝被自己浇得揉眼睛的模样。

曹兰芝的家离学校不是很远，她每天和晓华步行上下学。出了校门往东走，然后左拐不到二百米，沿着一条土石堤坝继续向北，堤坝下是一条将小城一分为二的河流，曹兰芝的家就在河东的棉纺厂后面。这两个月以来，凯亮为了报复陈晓华，要么蹲守在学校门口附近，要么围追堵截，却一次都没成功，最后反倒把自己的偶像浇了一通。

这段时间出奇的平静，兰芝和晓华都暗自偷乐，又有些纳闷，这帮坏学生自从泼水事件之后再也没有任何举动。

“兰芝，自你替我受了罪，他们都不见了。”自己莫名其妙地被这帮学生盯上，却又不敢告诉任何人，陈晓华已偷偷哭过好几次。

“他们要再欺负你，你就告诉任老师。”兰芝气愤地说道。

原来，刘凯亮的爷爷生病住院了，凯亮一下学就去医院给爷爷送饭，黑子和胖子也一块陪着。凯亮的学习成绩虽然不好，但很会照顾爷爷，每每看到孙子来送饭，爷爷的病就像好了一大半，可一想起不争气的儿子，气就不打一处来。刘凯亮的爸爸离婚后非但不管凯亮，还辞职带着那个会计去南方打工了，其间，只给家里写过一封信。

八十年代孩子们打架，常挂在嘴边的一句话是“我告诉我哥（我姐）去”。的确，家里有哥哥姐姐的孩子就是不吃亏，尽管一家子的兄弟姐妹也打架，但有事情时还是一致对外的。兰芝家里只有比自己小几岁的弟弟，父亲的突然离世，让自己也在不经意间有了一份担当，每当弟弟与别人打架时，兰芝就像一个大人一样把弟弟保护起来。为了躲避这帮坏同学的骚扰，陈晓华让兰芝叫上班里的郭亚鑫，三个人共同报了学校组织的朗诵学习班。朗诵学习班的指导老师是高二一班的任老师，李峰是当之无愧的学习小组长，由于陈晓华她们三个长得俊秀，各有风格，又都是积极向上的女生，李峰对她们的加入自然很是欢迎。

刘凯亮在报复陈晓华这件事上的屡次失败，反而激发了他围追堵截的斗志。他反正也是考不上大学的，最高理想就是混一张高中毕业证，过剩的精力，使他不顾一切地和陈晓华耗上了。他把自行车横在道上拦她的路，对着她打口哨唱歌，死皮赖脸地要和她交朋友。

刘凯亮的行为引得同学们经常在陈晓华和曹兰芝背后指指点点。她们也因此受尽了委屈。

星期六下午比平时少一节课，本来可以早些回家，但这天是兰芝的小组做值日，打扫完卫生待其他同学都走后，兰芝发现教室的门锁坏了，寻到后勤老师换了锁，此时，已经放学一个小时了。兰芝走出校门，发现晓华站在门口，手里拿着一本历史书，好在没看到凯亮那帮坏学生，她心里顿时轻松了许多。

不料，刚拐过第二个胡同，两人就看到那帮人在一棵小树下蹲着抽烟。

一看见她俩过来，凯亮站了起来随手扔掉烟头，摇着脑袋对着陈晓华说道：“咱们的校花来了，从今天起，我们弟兄几个保护你俩吧！”

兰芝和晓华互相拉住手，都瞪起眼睛，“不需要，我有我哥。”晓华说道。

“你哥，哪个学校的？叫过来比试比试。”胖子挺着胸脯挑衅道。

兰芝没有哥哥，她二姨家的儿子比她长几岁，但远水解不了近渴，人家在省里，听母亲说，表哥已经参加工作了。

凯亮看着紧张而严肃的兰芝有些发呆，黑子却绕过兰芝走到晓华面前，猛吸了一口烟，朝着晓华的脸“呼呼”吹了两口，只见晓华往后退了一步，把头向左一扭，用手扇着，厌恶地瞪着黑子。“你们……你们一直欺负我，我招你们惹你们了？上次泼兰芝一身水，我还没有告诉任老师。这次又想怎么样？”

“你别生气，我哥凯亮就是想和跟你交个朋友。”凯亮的堂弟着急地表白。

“去，一边去，你知道个屁，和她交朋友，怕脏了我的衣服，恶心！”刘凯亮一脸嫌弃地说。

“刘凯亮，你太过分了！”晓华气得眼泪就要掉下来了，“兰芝，咱们走！”面对这几个人的侮辱，兰芝气得脸也红了，本来已经快到家了，却又让他们截住了，妈妈知道一定会不问青红皂白数落一顿的。

“铃铃铃铃，你们干吗呢？”李峰骑着自行车过来了。“怎么是你们几个？”李峰好奇地问道。

凯亮一叉腰，“你走吧，没你的事。”

“怎么没我的事？我给她们送朗诵稿，她俩是学校朗诵学习班的新成员，任老师让她们参加国庆演出活动呢。”

黑子三两步跨上去凑在李峰耳朵边悄悄说了几句。只见李峰眉头一皱，看着凯亮说道：“这事跟人家有什么关系，就因为长得像？”李峰顺手把自行车停下放正，把凯亮拉到一边。两个人嘀咕一阵儿后，走了回来，凯亮向黑子、胖子和堂弟摆摆手，几个人悻悻地走了。

等他们一消失，李峰走到自行车前从书包里拿出几张红格信纸：“我把你俩朗诵的部分已经画出来了，一定要背会。”兰芝如做梦一样，没想到李峰几句话就把他们打发走了，兰芝心想，这个英俊的高二届同学，就像老天派下来救她俩的天兵神将一样。

“晓华，你和兰芝一个院的，回去一起练吧，回吧。”

晓华感激地看着李峰：“谢谢你，李峰，要不是你的出现，我俩都不知怎么办。我一直想告诉我哥，可兰芝不让，怕他们打群架，被学校开除了。”

“没事，以后有事跟我说。”李峰自豪地拍着胸笑道。

夜晚月亮陷进了云里，院中的杨树枝被风吹得轻舞起来，兰芝第一次体会到失眠的滋味：这个善良、高大、帅气的男孩要是他的哥哥该有多好！以前爸爸在世的时候她从来没有害怕过什么，这段时间经历的这些事，常常让她感到恐惧，尤其是班里同学们的议论，让她的自尊心受到伤害，本想以沉默的方式对待他们几个的挑衅，可长久压抑的心情让人变得颓废，好几次都不想去学校上学了。可一看到妈妈越发显现出来的白发，又不得不硬着头，要学出个样儿给他们看。兰芝忍不住想：“我要是和他一个班该有多好，真羡慕晓华姐有这么优秀的同学。”这天夜里，她做了一个梦——她跳级了，不仅和他一个班，而且还是同桌。

星期六李峰早就做好了计划，他准备一放学就先去县图书馆，赶在管理员下班之前把要看的书借出来。这样一来一去，再回家时肯定要擦黑了，好在这里的路他很熟，天黑点也不妨事。他办完事，抄河边的近路踩着自行车飞速往回赶。这时候，白天的燥热已经褪去，轻风拂来，吹得他外衣的衣襟如风帆般扬起。就在此时，忽然前方河边堤坝下传来呼救声，不好，有人落水了！李峰翘起身子急踩了几下，车轮飞转，来到了出事地点。他隐约看到有两个人在河岸边挣扎。李峰来不及多想，甩掉鞋子、脱掉外衣就冲跑下去。

李峰来到近前一看是兰芝和凯亮。李峰的出现，对惊慌失措的凯亮和兰芝而言如同天降救星。兰芝的情况更危急一些，于是李峰连拖带拽，先把她拖到安全地带。另一边，刘凯亮仿佛陷进了一个巨大的漩涡里，他心里一慌睁大眼睛，死死地朝李峰喊：“李峰，救我！”李峰赶紧返回去左手把着河边的一棵树，右手拼尽全力把刘凯亮拽了出来。

兰芝坐在河坡上，她浑身是水，脸色煞白。刘凯亮也吓得直喘粗气，闭着眼连晃脑袋，整个一副落汤鸡的模样。稍微定一定神，李峰喊了一声“起来”便一手拉一个领着他俩向上攀爬。这里的堤坝本是挂了一层沙石的，但是年久失修，不少地方已经风化，上面杂草丛生，虽然费了些力气，三人终于爬到了河边堤坡面上。

兰芝一直绷紧的神经放松了，这才发现自己左脚好像是扭到了，踩在地上直发虚，身上有几处擦伤正火辣辣地疼。刘凯亮一屁股坐在堤坡上，低头无语。兰芝看清是李峰救了自己时，心里忽然涌出一种说不出的感觉，感激、后怕、羞恼、委屈，各种情绪交织在一起，让她一时间口唇微动，却连个最简单的“谢谢”也没说出口。这时刘凯亮已站起身来，他觉得自己流年不利，丢人丢到姥姥家了，本想大丈夫恩怨分明，对李峰交代几句场面话，刚一抱拳，又想起自己刚才的窝囊相，摆一摆手，径自走了。

李峰见曹兰芝浑身水淋淋的，身体微微颤抖，不知是冷还是怕。他扶起扔在道边的自行车，拍了拍后座：“你家在哪里？我送你回去。”兰芝轻轻地点点头，手指着回家的方向：“那边，一直走，第二个岔道向左拐。”

兰芝的衣裤都湿了，好在这个季节不是特别冷，风一吹还不至于完全贴在身上。但她也十分难为情，心想若是在路上遇到认识的人，这种情形有多尴尬。李峰却好像知道兰芝的心思，他一言不发，大力踩着脚镫子，迎面而来的车马行人都一晃而过。因为骑得太快，车子就不那么平稳，而兰芝又不好意思抓李峰的衣襟，只好用右手紧紧握住后座的铁管稳住身子。她忽然想起小时候坐妈妈的车子，妈妈曾经提醒她说，坐自行车后座要往前坐，两人靠近不后仰，这样不仅安全前面骑车的人也省力。她悄悄地向前挪了下靠近李峰，尽管两人之间依然隔着半尺的距离，兰芝却一下子脸色绯红。

李峰把兰芝送到她家的胡同口，掉转车头就要走。这时天色已暗，想到李峰还要赶夜路回家，兰芝心里很过意不去，她轻声问道：“你家在哪儿，远吗？”

李峰已经上了车，兰芝只听得他说了句“不远”，转眼间人已远去，消失在兰芝的视线里。

她回到家里时，妈妈正在院子里张望，看到女儿这般模样，忙上前拉住她问怎么回事。以前兰芝怕妈妈担心，从没说过刘凯亮纠缠自己的事情，这次她也打定了主意，只轻描淡写地告诉妈妈自己在路上遇到拖拉机，躲道时不小心滑到河里了。尽管这样，还是把妈妈吓得不轻，她帮兰芝换上一套干爽的衣服，看她浑身没有大碍，忙煮了一碗姜汤让她发汗。

夜色深沉，兰芝躺在自己的小床上，却许久许久没有睡着。下午的事情，像放电影一般在她脑海萦绕。这个时候，李峰应该早就到家了吧？不知道他是怎样解释这次晚归的。他会和家人说自己在河里救出一个女同学吗？我在他心里是个什么样的女孩？心不静，夜色却无比宁静，院子里不知名的小昆虫的鸣声时有时无，一轮弯月此时正好嵌在她们家“井”字形小窗中间的格子里……

星期一回到学校，兰芝度过了这段时间以来最为风平浪静的一周。

李峰不是多嘴的人，果然，他没有让她失望，那天的事就像从未发生过一样，没有人知道。就连曾经那么飞扬跋扈的刘凯亮也消停了，不再找兰芝的麻烦。

在班级里，兰芝不算是那种开朗外向的女生，身边的好朋友也不多，前桌的郭亚鑫一向与她合得来，只是兰芝是走读生，郭亚鑫是住校生，两人自然不能像其他要好的女生那样形影不离。兰芝虽性格安静，毕竟处于藏不住心事的年龄，她将周六河堤上的“事故”悄悄地告诉了郭亚鑫。原来，兰芝那天坐在河边看书，刘凯亮路过看见兰芝，竟说出要与兰芝交个朋友的话，本来兰芝以为他喜欢晓华，那天又和自己说出这样的话，她觉得好屈辱，随手就推了他一下，谁料他往后一坐，一下子滑到水里，吓得兰芝赶紧拽他，结果河边虚土踩空，自己也掉到了河里。郭亚鑫惊得张大了嘴巴，没等兰芝讲完就喊道：“曹兰芝你好大胆，你就不怕刘凯亮报复？

你不怕掉河里淹死？”忽然间她又想起什么：“哦，你说是李峰把你们拖上来的？可他水性也不怎么样啊，还下河救人？”

兰芝从郭亚鑫连珠炮的问句中一下子抓住了重点：“你认识李峰？”

“咳，我当然认识。我姥姥家就是李峰他们村的，和李峰家还沾点亲戚。我小时候经常住姥姥家，和李峰还有柱子他们都很熟啊，七八岁的时候，还一起到村后的河里捞鱼。后来大了，男女有别，才不太往一起凑了。”郭亚鑫画眉鸟儿一般，讲话又快又清脆，兰芝不由听得出了神。郭亚鑫喊她不应就拍了她一下：“喂，想什么呢？李峰这人不错，哪天有机会我带你找他道谢。”

而此时的凯亮，正陷于沮丧之中。其实凯亮这人本质不坏，他追晓华，一开始就是出于报复的心理，对兰芝倒是有几分真心实意的喜欢。那天在河堤上，兰芝那破釜沉舟的架势，让凯亮想起来就愤懑不已，心里恼火，但对曹兰芝也多了几分敬意。只是那天风头都被李峰占尽了，真是可惜了这个机会。

凯亮心里想着不招惹兰芝了，但在这说大不大说小不小的校园里，总有遇上的时候。一次下了课间操，凯亮和他的几个狐朋狗友堵在回教室的路上，和几个高三男生较上了劲儿。两伙人剑拔弩张，其他同学见状纷纷绕道而行。凯亮从上小学就不曾怕过高年级的学生，正挑着嘴角阴阳怪气地挑衅时，远远地看到曹兰芝和郭亚鑫正向这边走来。不知怎的，凯亮一下子就泄了气，觉得这份嚣张其实也没有什么意思。

放学后，凯亮无精打采地坐在篮球架下，对面站着他的铁杆兄弟胖子和黑子。从小到大，有凯亮的地方就有胖子、黑子，祸一起惹，板子也一起挨。如今胖子见凯亮被曹兰芝一个小女子吓住了，虽然不明就里，但还是迟疑地说：“你是不是怕了她了，一个小女子怕她干甚？”

凯亮站起来一摆手：“我怕她？”眼前忽然浮现出兰芝冷冽的眼神，顿时萎靡不振，“怕她怎的了，听说过‘英雄难过美人关’吗？这说明我是个英雄。”

这个道理让胖子和黑子一时有点别不过来，胖子虽没继续追问，但黑子倒大着胆子刨根问底："凯哥……"

凯亮打断他，深沉地说："叫大哥！"这一句命令下来硬是把黑子的问题给噎了回去。

正式进入盛夏时节的六月份，一中校团委组织举办了一场"迎七一消夏晚会"，也正好为国庆晚会做个铺垫。

尽管"七一"是很严肃的主题，但"消夏"这个词，本身就意味着自由、热情和浪漫，所以同学们都踊跃参加。晚会的地点就设定在一中的大操场上，操场中间像模像样地摆着几盏霓虹灯，操场的四周，插起各色彩旗，烘托出一种热烈的节日气氛来。晚会的开场节目，是五十余人的大合唱。这是学校的音乐老师专门盯着排练出来的节目，唱的是《社会主义好》《解放区的天》《没有共产党就没有新中国》等红色歌曲。这些歌曲的旋律本身就是激扬向上的，再加上同学们练了许久，听起来颇有些波涛滚滚、继往开来的气势。大家的情绪都被调动起来，热烈的掌声让半空的月亮和五光十色的彩灯都颇为失色。

大合唱之后，曹兰芝、郭亚鑫、李峰、陈晓华并肩站在一起朗诵了一首《大堰河——我的保姆》，接着就是以班级为单位的活动了，各个班级的学生各显神通。独唱的表演者选的大都是清新活泼的校园歌曲，还有些正流行的影视剧插曲。李峰所在的高二一班正围成一圈看节目，那个在中间唱歌的人正是柱子。柱子唱的是一首《故乡的云》，这首歌是由大帅哥费翔唱火的，一首悠扬舒缓的游子思乡曲，现在被柱子唱得能把狼招来。周围叫喊起哄的声音响成一片，柱子红着脸叫道："咋了咋了？我第二段还没唱呢！"正乱着，郭亚鑫拉着兰芝急匆匆跑过来，招呼李峰和柱子到旁边去说话。

这一次，李峰与兰芝算是正式相识了。尽管两人之间并没有太多的交流，但李峰的为人和气质让兰芝心动不已。开朗的郭亚鑫和爽快的柱子让气氛一下子变得轻松愉快起来，兰芝心中那种莫名其妙的感觉"哗啦"一下被一股温暖的气流冲开，然后变为氤氲的水汽，每一个水分子都折射出七彩的光芒。

自此以后，李峰、柱子、兰芝、郭亚鑫、晓华几个人成为一个常在一起活动的小团体。课余时间，他们的活动据点基本以文化馆为主。一方面是因为文化馆离学校近，里面图书馆、阅览室都有，外面的小广场上，还有两个打羽毛球的场地和几张乒乓球案子，到这边玩，动静皆宜；另一方面，像公园、电影院、录像厅这些地方都是要买票的，对于还没有收入的学生来说是消费不起的，而且这些场所对于异性的交往而言蕴含着特殊意味，想想都让人脸红。只有在文化中心，他们才玩得轻松自在，没有太多的心理负担。他们聚在一起时，往往是郭亚鑫和柱子两人聊得更起劲儿，李峰偶尔插几句话，兰芝拿出听课的认真劲儿旁听，却微笑不语。

私下里，兰芝也悄悄问过郭亚鑫，问她是不是和柱子有情况。郭亚鑫却翻了个白眼说："免了免了，从小玩到大，当年我姥姥给我一把枣，还要被他俩骗去一半。俩人跟我亲哥没啥区别。"郭亚鑫眼睛一转，"你咋一见李峰就脸红？"接着又压低声音问兰芝，"我家相框里还有李峰一家人的合影呢，那时候李峰也就三四岁吧，还穿着开裆裤，要不要拿来给你看看？"

兰芝大窘，嗔怪道："没见过你这么疯的！"一想起李峰小不点时的照片，兰芝心里立即生出一种软软的柔情，内心虽有所期待，但是她毕竟不好意思让郭亚鑫拿照片来看。

快到暑假的时候，一中附近有一家旱冰场开张。这里本是一家国有企业附属的小厂子，本来就半死不活的，后来在"深化改革、加快企业改制"的呼声里，厂子解散，工人分流，这里的设施就闲置起来。如今被一个头脑灵活的个体小老板承包了，他把厂房改成录像厅，把一片平整的空地浇上水泥磨平，改建成旱冰场。旱冰场的中心层层叠叠摆着开得正艳的盆花，场边焊一圈栏杆，摆上长条座椅，录音机开到最大音量，放着疯狂的舞曲，开业不久就吸引了附近的大批中小学生和社会闲散青年。

旱冰鞋按小时出租，那种专业的冰鞋也有，两元钱一小时，少有人租，主要是老板用来撑门面的。租用频率较高的，还是那种双排四个轮子的简易冰鞋，这种鞋子一小时租金五角，按天租更优惠，物美价廉很受欢迎。

趁着午休时间，李峰和班里的男同学到这里溜过几次冰。这对李峰来说是一项全新的运动，刚上场时，他也是心惊胆战放不开手脚，但他身手灵活悟性好，摔了两次跤后，就滑得像模像样了。

这天是星期六，他们几个有约，让李峰当教练教他们滑旱冰。兰芝穿了一件浅浅的黄绿格子的娃娃领短袖衫，下身是一条苹果牌牛仔裤，这还是前段时间省城的大姨来时送给兰芝的，她一直没舍得穿。李峰早已为兰芝和亚鑫租好了冰鞋，他知道兰芝一定会准时到来，一抬头便看到她那轻盈的身影，李峰心里一阵欣喜。仿佛这不是一次平平常常的邀约，而是偶遇。他让兰芝坐在椅子上，细心地指点她绑冰鞋的带子。兰芝穿的是一双白帆布的网球鞋，鞋底软而薄，冰鞋绑上去很妥帖。他们几个穿好鞋子后，李峰站起身来，让柱子先带郭亚鑫，而他伸出手拉起兰芝。

第一次穿冰鞋的兰芝摇摇晃晃地站起来，另一只手不由自主地抓住李峰的胳膊，这才稳住身体。李峰把兰芝的手握得更紧了："没事，别慌，先站稳，身体微微向前倾……"

兰芝踩着冰鞋站在场边，站定后，注意力才转移到他们交握的双手上。她觉得好像有一股电流从手上传来直击大脑，然后又像涟漪般一圈圈扩散开来。她不敢去看李峰的表情，也不敢看那些三三两两从他们身边滑过的人，只微微眯着眼睛，假装仰头观察天色。

整个滑冰过程中，他们的心思差不多是相同的——忽然之间，就有那么一个人，一个在原来的十几年间和自己毫不相干的人，如今以一种从来没有想象过的亲密和自己产生了交集。他和她，有些记忆再也分割不开，他们的眼前，仿佛打开了一扇从未开启过的窗子，让他们体会到了对视时的温度，牵手时心中的悸动。

第 2 章

蝉声阵阵，盛夏到了，暑假也随之到了。被约束了一个学期的学生们早就盼望着放暑假了。但是对于兰芝来说，放暑假则意味着，她和李峰在这一个多月的时间里很难见面，这让兰芝心里空落落的。

放假之前，柱子、亚鑫、晓华就商量着暑假在哪里见面的问题。兰芝家肯定是不行，小学初中年龄小，妈妈还放心些，一上高中，妈妈就一再叮嘱兰芝不要早恋，不要和男同学有超越同学关系的交往。如果让妈妈看到有男同学来找兰芝，她以后所有的行动都要被限制。兰芝当然也不能去找李峰，尽管李峰是男孩子，家里管得宽松些，但左邻右舍看到也会议论纷纷。河西村是个杂姓村，村里的人并非同宗，但在这不足二百户的村庄里，人们彼此知根知底。如果李峰家里忽然来了一个花儿般的城里女娃，半村的人应该都会去看稀罕。好在往常的寒暑假里，李峰都会骑车去县城的图书馆借书，家里人也都支持他这一行动。于是，李峰和柱子、亚鑫、晓华、兰芝约定，每周一次，先到图书馆看书，再去河边玩。

到了说好的日子，兰芝等妈妈上班后，收拾好家里就来了。她一般先到阅览室去看一会儿杂志和报纸。阅览室就在图书馆借书窗口对面的大厅，里面有很多兰芝喜欢的杂志，她常看的杂志有《读者文摘》《青年博览》《大众电影》《南风窗》等几种，差不多每期必看。当然，还有各种电影杂志和体育画报，这类杂志最适合在等人的时候看，里面有彩印的图片，纸张细密滑韧，摸在手里就很舒服。一本杂志很快翻完，然后放回原处换新的，她常常是还没有感觉到时间流逝，李峰和柱子就已经从十多里外的家里赶来了。李峰会习惯性地从门口的报夹上取几张新的报纸看，看得差不多了，就到对面的图书馆借回去要读的书。他们几个除了柱子不爱看书外，大家都能静下心来品读文章，兰芝和晓华每人拿着一个红旗本顺便摘抄一些名人名言等。时光安宁而平淡，流水一般很快就过去了，当时虽不觉得让人十分留恋，但在兰芝日后的回忆里，那却是她半生中最美的时光。

兰芝和李峰找的书总是莫名的契合，这让兰芝兴奋不已，可李峰严肃的表情总给人一种距离感。兰芝每次坐在河边时，总会写一些抒发情感的文字，在自己的日记本里，兰芝写了第一首送给李峰的诗。从那天起，兰芝意识到自己已不能自拔，越发有些难言的苦闷。

几个人定好了再相见的日子，那天，兰芝的妈妈是下午三点到晚上八点的班，晚上不回家吃饭。平时妈妈上早班，都是兰芝自己在家做饭，兰芝做家务的本事是从小练就出来的，先拿铁柱把火捅着，就可以把锅放在炉子上做饭了，做完饭，再用小铁铲铲一些半温的煤泥盖住红色的火底，最后用铁柱在煤泥中心扎个眼儿，保证火灭不了就行，待做下一顿饭时一捅就行。那天，李峰也早早地与父母打了招呼，要和同学在县城办些事情，晚些时候回来。这样一来，几个人几乎可以玩一整天了。

兰芝刚在阅览室翻了几页《大众电影》，就看到李峰和柱子向她走来。李峰留着短短的寸头，看起来早上洗漱时顺便洗过了，稍稍有些粗硬的发丝显得格外清爽，黝黑光滑的脸上滚着几滴汗珠。柱子穿着一条半截短裤，一双黑色布鞋，手里拿着一个罐头瓶子。

兰芝刚掏出手帕，柱子一把抢过来，“我骑了一路，我先擦。”

几个人找个角落坐下来后，开始讨论当天的安排。李峰问兰芝：“晓华怎么没来？”

“她妈妈给她找了个补课的老师，她在家补课呢。”

“看来，晓华是一定要上大学了。兰芝，你的打算呢？”李峰假装漫不经心地看着兰芝。

“我，我想上师专。”

“你呢，柱子？”李峰像一位老师，又 像一个哥哥一样问着。

“我，我还没有想好。”

“我想当医生。”亚鑫也不甘示弱地说。

“别光问我们，你以后计划干啥？”柱子好奇地指着李峰问道。

“我的理想暂时保密，到时候你们就知道啦。”李峰神秘地笑道，“咱们多看书，多接触大自然，以后有机会到外面的世界看看，总有适合我们做的事。”

为了不打扰其他人看书，他们把声音压得很低，几乎就像是耳语。阅览室里的值班阿姨一转头正好看到他们这种情形，不由得会心一笑。这几个学生她都已经认识了，男孩英气俊朗，女孩清新秀美，看着就养眼。他们来看书时都规规矩矩的，五个人，像是个学习小组，这样的孩子未来一定会很好。

一天早上妈妈上班后，兰芝打扫了一下家里的卫生，就开始和面烙饼。她学着妈妈的样子在面坯上放一点点花椒面和细盐，锅里倒上点熟豆油，开始做油盐饼。她的手艺当然不如妈妈，但她小心地看着火，用微火慢慢把饼烙熟，一锅底三张饼，张张两面金黄，让人看着就有食欲。然后她又找了一个绿色的军用水壶，灌满凉开水，准备工作做好，背起书包出发。

本来大家相约这周一起读书，竟然只有李峰和兰芝如约而来，他俩看了一会儿书，李峰便说：“兰芝，今天我得去保健院接我姐，我先送你回家吧。”李峰推着车子，兰芝跟着，天空积满阴云，阳光偶尔穿过厚厚的云层，周围便一时黯淡一时明亮。两人沿着石板路缓缓行走，路两旁的草丛里开满了星星点点的小黄花，仿佛是这夏日的最后一缕音符。

兰芝突然想起了什么，“对了，今天带了饼子。”说着掏出烙饼递给了李峰。

“这油盐饼是你烙的？”

“我带了五张饼，他们没口福，你都带回家吧。”

原来喜欢一个人，只要和对方在一起，任何平凡琐碎的事都有了不一样的意味。路边的柳树枝轻轻地摇来摇去，似乎在呢喃。绿树、黄花、神采飞扬的少年，这让兰芝产生一种极度不真实的感觉，这情景如晨露般易逝，如彩云般易散。

阳光战胜了阴霾，照得人懒洋洋的。两人有一搭没一搭地说着闲话。

“往远走，走多远？”当李峰提起任老师说的，以后无论怎样，都要尽量走出去，往远走，往大地方走时，兰芝这样问他。

李峰其实对这个问题也有些模糊，他笑道：“县城，省城，然后全国各地都看看，尤其是东北，还有江南，就是那些和我们生活的地方不一样的地方。当然，我是在农村长大的，往远处走也是为了开阔视野、增长见识，将来把自己的家乡建设得繁荣富强。”

“再远呢？”兰芝很固执地问。

“再远就出国了呗，七大洲四大洋，要多远有多远。如果再远，就是脱离地球进入外太空，宇宙无涯无际。”

兰芝远眺天际，神思不知飞到了什么地方，眼睛似有一层泪光，“我问你，远处的白云里，是不是带着人的灵魂？”

兰芝少年丧父，对命运之无常，有颇多感慨。李峰见她微微仰头，就停下来，看着她黝黑的头发，说：“去年我看过这样一段话，大意是说我们每个人都会死，但是活着的人当中只要有一个人还记得他，那么他存在于这个世界上的痕迹就不曾消失，他就没有真正死亡。”

兰芝心中震动，她知道，李峰听懂了她这没头没尾的感慨，他是在安慰自己。

开学前一周，几个人商定到那座“学校的背景塔”去看一看。虽然在一中的校园远眺可以看到那座塔的半截塔身和上面的尖顶，但真正要过去还有一段相当远的距离。李峰带着兰芝等几人，转了半个多小时才来到塔下。

这是一座九层高的柱塔，处于县城的近郊，砖石结构，塔身虽已残旧，却更显得雄伟肃穆，仰头望去，塔尖与云天相接，不知见过了多少人世间的风云变幻。这座塔始建于唐代，明清时曾被重新修复，现在是县里的重点保护文物。如今旅游业渐渐兴起，这里就成了慕名而来的游客和本地人游览休闲的好去处。八月的阳光下，鲜花怒放，游人如织，竟然也是一副熙熙攘攘的热闹景象。

走累了，他们看到一棵老槐树下，有一个撑着巨大遮阳伞的冷饮摊子，就过去一人要了一支赤豆雪糕慢慢吃。这时一个小女孩跌跌撞撞跑过来，一边跑一边抹着眼睛大哭，嘴里不停地喊着“妈妈”。这孩子也许是和大人走散了。兰芝赶紧过去，半蹲下来询问情况。这小女孩只有五六岁光景，抽抽噎噎说不清楚，兰芝干着急，正打算领着小女孩找她妈妈的时候，李峰也过来了。他们商量好先让小女孩在这里等，如果实在不行就去找工作人员帮忙。正说着，一位中年妇女神色慌张地跑过来，拉住小女孩的手：“可找到你了，这一晃眼工夫，你就跑到这里来了。”小女孩泪水未干，破涕为笑，叫着“妈妈”扑了过去。女孩的妈妈向李峰和兰芝道了谢，也坐在凉棚下歇息。她摸着女孩的头顶说：“让你别乱跑，就是不听话。幸亏跟着哥哥姐姐在这里等，要不然你找我我找你，越找越远就真的走散了，到时候再也找不到妈妈了。”

母女俩走后，兰芝坐在那里若有所思，忽然间她转过头，对李峰说：“李峰，你说大人和孩子也会走散吗？咱们几个同学呢？”

“父母永远不会和我们走散，只是生老病死是生命的轮回。同学们人各有志，每个人有自己的理想和抱负，比如你，想当一名老师，而我也有我的想法。”

“你将来想干什么？”

“我想干的事很多，但得先学知识，所以，咱们好好学习，储备好知识才有能力干我们想干的事。”

兰芝明白李峰的意思，他说的不是在这眼前的人群里走散，而是在以后的漫长岁月中，在不可预知的变故里分开。

李峰微微低头望着兰芝，眼前的这个女孩身形纤弱，晶莹白皙的皮肤上双眉整齐清晰如墨羽，她的眼神里有一种说不清的感伤。李峰心里疼惜，却又不能走近。他很突然地绷起脸说道：“好好学习吧，每个人都有不同的人生和未来，不要被任何人打乱自己的脚步，因为没有谁会像你一样清楚和在乎自己的梦想。”

晚上，兰芝在日记里把那天的日期重重地描了一遍，在空白处用铅笔画下那座古塔的轮廓。至于李峰，那个散发着男子汉气息的男生，只要能远远地看着，或同他谈谈理想和未来她就已经满足了。兰芝一个字都没有写，可直至睡觉前她的心情还是无法平复，她把日记翻了一页，写下几行纪事的小诗：

那年夏天，
一个十六岁的女孩，
憧憬着美好的未来。
她羡慕松柏的长绿，
校园的一个角落，
采一把最嫩的松枝，
一棵一棵插种在雨后的泥土里，
种成一行嫩绿的条带。
她知道，
这无根的松枝不会成活，
但她心中的绿色永不枯萎，
一直伴随着一个花季少女的祈祷，
…………

开学后，学生们重新回到学校，日子按部就班步入正轨。兰芝开始念高二了，李峰则进入高三，这是高中阶段最紧张关键的一年。尽管这个普通的高中升学率不高，大家依然努力拼搏。李峰心中当然也渴望走进大学校园，他知道，考出去，外面就是一个海阔凭鱼跃、天高任鸟飞的崭新世界。在他心里，隐隐藏着一个愿望——他要出去学本事，为自己心爱的女孩打下一个根据地，因为现在的自己配不上她。

这学期，兰芝家里发生了一件大事，她的妈妈刘玉珍被辞退了。

兰芝放学回家后，发现妈妈还穿着外出的衣服坐在里屋的床上，一双高跟鞋也没有换。妈妈苍白的脸色吓了兰芝一跳，兰芝连着叫了几声“妈妈”，她才回过神来，一看现在已经是午饭的时候了，她拿了两块钱给兰芝，让兰芝到街口的小饭馆买几个包子。

兰芝买好包子回来，从保温瓶里倒了两杯水，摆好碗筷喊妈妈和弟弟来吃饭，妈妈却说还不饿让他俩先吃。

兰芝又说道：“妈，快来吃吧，吃完了歇一歇，下午还要上班呢。”

妈妈的脸色更加黯然，她说：“兰芝，妈不上班了，以后都不上班了。”

“啊，怎么回事？”

“企业经营不好，妈好几个月都没有发工资了，所有临时工都被辞退了。”

兰芝这才反应过来，每次做好饭妈妈总是推说不饿，让自己和弟弟先吃，而且还曾看见妈妈把馒头就着面汤吃，当时妈妈赶紧解释道，“剩下的馒头不吃就可惜了，会把福气都倒掉的。”兰芝只觉得这是一个家的好传统，自己看在眼里，记在心上。

如今妈妈没了工作，自己又小，想到这里，眼泪顺着脸颊流了下来。

弟弟对妈妈的下岗没有任何感觉，反而高兴地认为妈妈可以多在家陪自己。但兰芝已尝到那种孤立无援的滋味，虽然有爸爸用生命换来的抚恤金，目前的基本生活还能保障，可是未来无法预期，她们母女二人每一天都过得不踏实。

刘玉珍不是本地人，她是随着丈夫来到这个小县城的，平时的人际圈子基本上都是厂里的同事，现在厂里人人自顾不暇，谁也帮不了她。她想到在省城安家的大姐，就给大姐写了一封信，告诉她自己家现在的境况。其实在刘玉珍心里，也不是希望大姐能帮她做些什么，但这个时候姐妹之间说说话，总能让人得到一丝安慰。

大姨收到信后的第二天，就急匆匆地过来了，兰芝去上学时，大姨就在家里陪着妈妈说话，帮她开解苦闷的心情。兰芝妈妈说起要找个工作的事，大姨叹道："咱们家你是最小的，眼下也过四十了，你再要强，还能撑几年？我看你还是去我那边吧，咱们住得近些，还能有个照应。"

刘玉珍心动了，但又说道："姐，去你那儿可以，但我必须有个事干，两个孩子不能全靠你。"

兰芝一向聪明敏感，她自然看出大姨来家里，就是想帮助她们家今后的生活，话里话外还提到给妈妈找个男人。

一个月后，大姨领着一个个子高高的、面色白净、言语温和的中医大夫来家里吃饭。兰芝并不反对妈妈再婚，尤其妈妈下岗后每天愁容满面，她也希望妈妈的情绪能好起来。现在王大夫出现了，妈妈又有了往日的快乐，这本来是一件好事，但兰芝怎么也抑制不住心底酸涩的滋味。一直以来，她和妈妈还有弟弟三人相依为命，现在无端有一个陌生男人夹在中间，兰芝觉得妈妈以后会离自己越来越远。现在，她不知道自己的家以后会出现怎样的变化，这让她想起来就有些惶惑不安。算了，想不清楚暂且不想了，自己还是好好念书吧。学校里的一切都是她熟悉的，这让她感到安心，更重要的是学校里有李峰在。想起李峰，兰芝的嘴角禁不住扬起一丝甜甜的笑意。

日子过得飞快，转眼间就迎来了这一年的圣诞节。圣诞节是近年来才在青少年群体中受到青睐的，很多孩子并不关心它的来历，他们只知道，这是一个可以互赠贺卡的日子。十二月中旬以来，大大小小的商店和路边摊上，各式各样的贺卡琳琅满目，比较特别的有音乐卡、折叠卡，还有那种小得可爱的芝麻卡。贺卡之所以这么受欢迎，因为它不仅承载着同学和朋友间正常的祝福，而且是男生女生之间含蓄表白的工具。很多贺卡上，都有一两句饱含爱恋意味的诗句或者歌词。这样的贺卡送给心仪的人，对方如果有意，自然会有回应；如果对方无心，自己也可以当是无意选了这样的卡片，从而避免了许多无谓的尴尬。

兰芝这几天一直想给李峰送张圣诞卡，但一想起李峰冷峻的眼神就没了心情。

亚鑫安慰着兰芝："我看得出他喜欢你，但他可能觉得你家是城里的而他家是农村的。所以心理上有些障碍。"

兰芝把画好的贺卡签上自己的名字悄悄地压在书里，她在贺卡上写了自己前两天刚读过的那首《双桅船》：

雾打湿了我的双翼
可风却不容我再迟疑
岸啊，心爱的岸
昨天刚刚和你告别
今天你又在这里
明天我们将在另一个纬度相遇

是一场风暴、一盏灯
把我们联系在一起
是一场风暴、另一盏灯
使我们再分东西
不怕天涯海角
岂在朝朝夕夕
你在我的航程上
我在你的视线里

寒假里，由于晓华转到了省五中，李峰提前开学又时常在阅览室里。几个人几乎没怎么见过面。

一天，刚吃过午饭，妈妈说道："兰芝，来，坐这边来，妈跟你商量个事。"

兰芝很少见妈妈这般的郑重其事，她心里突然有些紧张。妈妈坐到兰芝旁边，有点犹豫又不好意思地开口说："那位王大夫跟你大姨是多年的朋友，妻子因病去世多年，家里只有一个女儿，我们书信来往了一段时间，他想和妈妈结合。你大姨在她家旁边腾出了一间房子，为你和你弟弟考虑，妈妈想尽快搬过去。"

兰芝顿时觉得一股热血涌上心头："那，那，我们就不住这儿了吗？"她结结巴巴地勉强问出这句话。

"不了。"妈妈说得干脆却又略带些惆怅。

剩下的日子，妈妈整理好家里的衣物，都一一放在纸箱里，等待那一天的到来。兰芝只是个孩子，抵抗不了大人的决定，只希望让日子能慢些再慢些。

妈妈怕兰芝换了地方影响学业，就劝她说："你大姨说了，你大姨夫帮你联系了那边的学校，开学后就可以去读了，教学质量和学校环境都比这儿的一中好得多。刚开始，老师和同学是不熟悉，但过一阵子也就好了，你高一时不也适应得挺快吗？"

兰芝表面上还像以前一样安静乖巧地听妈妈的话，其实她心里一直念着"李峰，我在新学校里再也见不到你了"。这话自然是不能跟妈妈提的。

在当时，早恋是个极敏感的话题，老师和家长绝对会强烈反对，有些因早恋影响特别不好的学生，还会因此受到学校的处分。她沉默了一会儿，只跟妈妈说舍不得和亚鑫分开。兰芝曾带亚鑫到家里玩过，妈妈挺喜欢这个爽快大方的女孩，还特意买了排骨炖给她们吃。听兰芝提到她的好朋友，妈妈只得安慰女儿说："亚鑫这女娃是不错，可你们才多大，从初中到高中再到大学，每到一处，都会认识一些新朋友的。"

"不，我再也遇不到他了。"兰芝心里一片黯然。

对亚鑫，兰芝也很舍不得，但这没关系，她可以大大方方地去找她，和她好好地说一阵子话，和她告别，以后她们肯定是可以相见的。但李峰呢？李峰不行。兰芝虽然知道他住在哪个村子，但是她不能去找他，即便她鼓起勇气不怕村里人的非议找到他，又能对他说什么呢？兰芝很珍视他们之间的感情，尽管李峰表面只是把自己当同学，可兰芝心里感觉却早已超越同学之谊，这是兰芝的初恋，纯美如梦，不应该受到任何损伤。

如今兰芝已经长大，身高已经超过妈妈，她也不是那种不懂事的孩子。她知道，在省城那个陌生的地方，她要在一个陌生的屋檐下生活，家里还会有一个不知道是要叫“爸爸”还是叫“叔叔”的男人。尽管这一切都令人难堪尴尬，但这种难堪只能靠自己默默地消化，如果说出来，难堪就会加倍。其实人在少年时代，最是易感易伤，有些事情，在见惯了人世波澜的成年人眼里完全可以一笑置之，可对孩子们来说却是比天塌下来还要难过的坎儿。

兰芝始终没有找李峰当面告别，只是在临走的时候，托亚鑫告诉李峰自己转学了。她既怕不知道怎么对李峰说自己家里的这些事，又怕自己见了他就控制不了情绪。与其这样，她宁愿默默地离开。兰芝生性偏清冷，平时看电视、电影时，那些刻意渲染的悲情苦难往往无法引起她的共鸣，她最受不了的场景是两人在苍茫大地间互相抱拳，道一声“山高水长，后会有期”，然后回转身来，各奔东西。

“李峰，我走了，期待我们后会有期。”兰芝在心里默默念道，她的脸上如同罩着一块面纱，朦朦胧胧。她似乎听到“铃铃铃”的响声，忍不住朝李峰家的方向望去。此去经年，应是良辰好景虚设，便纵有、千种风情，更与何人说？

开学后，李峰听亚鑫说兰芝转学走了，他一下子没反应过来，连问了几声“什么”，等确定这是真的以后，一向沉稳冷静的李峰失态了，他拔腿就往校外跑。

“李峰，你干什么去？曹兰芝已经走了好多天了。”亚鑫喊住了他，又对他说，“我也不知道她为什么这么急着走，但能看出来她挺为难的样子。

她到我家找我，我俩还去你家门口站了半天。”

“什么？你俩去了我家，为什么不叫我出来？”李峰瞪着眼问道。

“兰芝不让，她说看到你家灯光就好，”亚鑫有些后悔，不该听兰芝的话，“兰芝说去了省里会给我写信的。”亚鑫诺诺地安慰。

下午放学后，住宿的同学都急匆匆地去食堂打饭，李峰却出了校门，往兰芝家的方向走去。她的家他从来没有进去过，但对这段路已经非常熟悉了。李峰来到她家的院门外，院门上了两重锁。他在门口站了一会儿，旁边邻居家有个老人出来倒炉灰，他忙走上前去打听消息。老人很热心地告诉他，这家人搬走了，房子是公房，已经交还，听说另一家毛纺厂的职工就要搬来了。

沿着河边堤坝往学校走，李峰这时才真真切切地感觉到兰芝不在自己身边了，心里犹如被打了个窟窿。他机械地向前走了几步，终于撑不住扶着旁边的一棵小树蹲下来。那个令人心疼、性格如清秋月亮般的女孩，突然消失在自己的生命中，让他来不及说一句喜欢。

第 3 章

时光荏苒，又是三年多过去了，年年岁岁花相似，人却一直随着命运之河向前。曾经的高中生李峰，如今作为一名退伍军人又回到了河西村，那青春稚嫩的面庞，也在岁月的磨砺中增添了几分坚毅之色。

三年前，李峰高考失利，差七分没能踏入大学的门槛。在他升学的时候，大学还很难考，没学可上是绝大多数人的命运。有些学生，尤其是那些农家子弟，不甘心失去这一生中仅有的可以改变命运的机会，于是头悬梁、锥刺股一年一年复读下去。李峰所在的一中，就有人“抗战”八年终于实现了自己的理想，在同龄人的孩子都会打酱油的时候，那人扛着行李奔赴远方去读书。按李峰的成绩和他平日的基础，复读一两年进大学的希望是很大的，但他还是想换一种方式生活。高中三年，不管是读书做人还是那段青涩的暗恋，都对他影响至深，他得到了自己应得的，而失去的东西也无法追寻，他不想再重复一遍了。

父母和姐姐都希望李峰能复读考大学，但从小到大，他认准的事九头牛都拉不回，也只能由他去了。不久后村里接到县武装部的夏秋季征兵通知，刘支书和李峰的父亲交情很好，就到他们家走了一趟，说了征兵的事。当兵，李峰眼睛一亮。这些日子以来躁动不安的心似乎找到了一个出口，他几乎瞬间就拿定了主意——对，当兵去！他一直记得任建光老师“往远走”的指点，而当兵，正是一次身与心的远行。

一辆军列，把李峰他们这批新兵运送到东北的某解放军野战军驻地。他们是黄昏时候到达的，当时天空中下着小雨，但他们下车后依然排起了整齐的队列，集训还没有开始，但每个人都意识到自己身份的转换，从此，他们是当兵的人了！

三个月的新兵轮训，每天骨头都累散了架，但李峰也能感觉到有一种力量在身体里勃勃生长，这种感觉很新奇，也很美妙。东北秋季的蚊子特别多，李峰还记得他们在营房边的一片荒草地上练习匍匐前进时，班长一声令下，战士们“刷”的一下全都单臂触地侧趴，然后蚊子便铺天盖地地叮过来，咬得人裸露在外的皮肤上全是大大小小的包。

集训结束时考核，李峰各项指标都合格，射击和军体还得了优秀，这让他感到十分自豪，既然来当兵，那就当一个好兵，当出个名堂来。

在新兵连，李峰有两个十分要好的战友，一个是和他同省的李建辉，另一个是来自东北的王滨。正式下连队时，他和李建辉分在同一个班，王滨很是羡慕他们，好在三人还是在一个连里，注定要做在一起摸爬滚打三年的好兄弟。李峰常笑王滨是少爷兵，这倒也不冤枉他。王滨的家乡是一个地级市，父母在体制内都有点实权。从上初中开始，王滨就没少给爹妈惹是生非，高二时打群架被学校抓了现形，给了计大过处分，并要求课间操时在全校师生面前做检讨。王滨一气之下自动退学了，任父母是打骂还是苦口婆心地劝诫，说什么也不回去念书。在社会上混了大半年，家人见这也不是办法，就把王滨送来当兵了，希望在部队这个大熔炉里，他能好好地收一收性子。

如果说王滨当兵是来锻炼的，那么对李建辉来说，部队则是他梦寐以求的天堂。李建辉和李峰都是农家子弟，但李建辉的家在远离市镇的山旮旯里，家里兄弟姐妹七八个，从他记事起，能吃上一顿饱饭的日子就是好日子。他能出来当兵，是沾了一个堂叔的光，他那个堂叔是他们那一带唯一走出来在城里工作的人。当时李建辉已经从初中辍学在家干了几年农活，堂叔见有征兵的机会就想办法把他送了出来。可以说李建辉是承载着全家的希望来的，当上兵就有机会提干成为国家的人，退一步也可以争取转个士官、学个技术，最不济也可以在部队吃三年饭长三年见识，怎么都比毫无希望地守在家那边的山沟里强。

过了当兵的第一年，就算是一个老兵了，自由的时间也多了，李峰快把连队里仅有的一些杂志和报纸都翻烂了，他试着写文章、写一些有关部队生活的小诗，指导员看到后连声称赞，还把李峰的文章出在黑板报上。在连队的主官中，指导员其实是和战士比较接近的人，李峰他们连的指导员经常在饭堂给战士们上政治课。他肤色白净，不像军人倒像个文化人。他的歌唱得很好，傍晚的时候他经常在营房边散步，一边走一边练习美声唱法。指导员很欣赏李峰，在李峰还是新兵蛋子的时候，他的入党申请书就是在指导员的引导下写好的。

李峰另一个精神上的老师当然还是书籍，这几年，一直陪伴他的一套书是路遥的《平凡的世界》。如果说一千个人眼里有一千个哈姆雷特，李峰在这套书的主人公孙少平身上，看到一种“在路上”的特质。他想，这也是一种人生的圆满吧，不论在什么样的境遇之中，都努力寻找其中的生命之光，再向前走时，对曾走过的路了无遗憾，也就不会再留恋回顾。

国庆节前夕，连队和当地政府共同开展“拥军爱民，军民共建”活动，国庆节当天还有一台联欢晚会。晚会的主要演员来自当地的文化馆，部队也要出一些节目，这其中就包括李峰的诗朗诵和李建辉的民歌独唱。指导员对这个活动很重视，还专门带他俩和其他有节目的战士到文化馆排练，熟悉灯光、麦克风等演出设施。李峰和李建辉回来后被王滨一通取笑，偏说他们是去看文化馆的姑娘了。其实文化馆负责接待他们的是一个二十多岁的女主持人，她平时在文化馆培训舞蹈，由于文化馆每年都和部队搞联欢活动，她也因此和指导员相熟，但对新战友还是很拘谨的。至于文化馆的其他姑娘，他们倒是看到她们从舞蹈室进进出出了，但也只是远远地扫一眼罢了。

晚会开始的前几天，连部接到通知，说明天有上级首长临时检查，偏偏指导员正在文化馆商谈工作，电话又一时联系不上，于是就派了李峰和李建辉找指导员归队。他们拿出武装越野的劲头一路赶去。这天是国庆节前的一个星期天，文化馆的里里外外都很安静，他们没有发现指导员的身影，于是分头去找。李峰去了上次去过的会议室，李建辉去了侧面的练功房。

李峰看到会议室的门虚掩着，喊完一声“报告”就进去了，角落里一张长椅上，一男一女，正是指导员和那位女主持人，女主持人好像在哭泣，指导员一边安慰一边给她递手绢。指导员看见李峰突然出现，不好意思地解释道：“她练习时忘词了，让馆里的领导训了。”李峰知道，指导员一直没有结婚，以为是自己打搅了指导员，于是飞身退出，刚跑到走廊门口，就看到李建辉一面向这边跑来一面向他摆手表示没找到人。

在同龄人中，李峰算是明事理的人，他想自己没躲过，犯不着让李建辉也知道，于是指着一侧的小门示意他赶紧往那边走。李建辉不明所以，但他知道李峰不是那种没章程的人，乍一见他急慌慌的样子，也没工夫细想，一转身就往外跑了。跑到树丛边的宣传栏后，回头看却不见李峰追过来，正疑惑着，却发现李峰在楼门口站定，指导员和一个女人前后脚出来，李峰迎上前去说着什么。李建辉心里似乎有点明白，又似乎有点糊涂，但他最终还是躲在那里没敢动弹。

生命中总有许多小意外，在悄无声息地影响着我们某一阶段的人生走向。本来，李峰的军事素质不错，文化水平更是强项，在部队干应该是大有前途的，可惜的是，就有这么一件说不清道不明的事发生在他和一向欣赏他、关照他的指导员之间。现在，指导员看见李峰总有些难为情，李峰知道这是一场误会，想跟指导员解释一下，可一直没有机会，在他看来，指导员和那个女主持人还是很登对的。

一天，家里来了电报，说母亲生病住院，李峰赶紧向指导员请了假。回部队后，在一次入党积极分子做思想汇报时，李峰明确表露了要退伍的意思。他只说家里给找好了对象也准备了婚房，不如趁年轻回去，看看能不能找到别的发展机会。指导员把正在写材料的钢笔捏在手里，半晌没有说话。

回营房后，李峰就把考军校的复习资料送给了李建辉，只说要退伍回家结婚过日子去。李建辉一面为他惋惜，一面声称自己文化水平不行，即使部队推荐了也考不上。李峰无言，他不怕考文化课，只是他自己现在要放弃了，准备去迎接自己人生中又一个阶段“在路上”的生活。部队是人生的一次经历，家乡终归是要回去的。

明明已经想通了的事，可真到了退伍还乡的时候，李峰还是百感交集。已经基本定下来转士官的李建辉，更是伤怀战友的离去。王滨在一旁嘻嘻哈哈地打岔调节气氛，他说：“李建辉，部队就有那么好，让你拼死拼活也要留下来？你留下吧，我们回家大有作为去了。”

如今，李峰的入党申请已经被批准，他已是一名预备党员了，相关手续将随档案转入地方，当兵三年，光荣退伍。

第 4 章

虽然已经进入九十年代了，一些年轻人却还是对身穿军装的人情有独钟。以前李峰每次探亲回河西村时，村里的姑娘一见他就一脸桃花。他本来就长相俊朗，再加上军装的映衬，显得特有精神，特威武。如今当了三年的兵，练就了一身军人独有的气质，退伍后的李峰走到哪里都是一道风景，隔三岔五就有人上门说亲。

家有梧桐树，引来金凤凰。现在被李峰招来的“金凤凰”是村子东边郭全山的二女儿彩霞。彩霞性情温和，长得亭亭玉立，俊俏可人，粉白的面颊上一对儿酒窝时隐时现，十分惹人怜爱。村里的老人都看好这俩孩子，说他们是少有的夫妻相，于是，媒人们都争着撮合。

这天，刘支书来到李峰家。李峰的家离村委会不远，是个小四合院，南北各三间平房，中间是客厅，客厅一进门左右两边各有一灶火，两边的卧室都修着炕。李峰的姐姐李丽已经出嫁了，现在只有他和父母住在这里。家里还给李峰在离学校不远的地方盖了三间平房，其中两间卧室一间烧炕一间已改成暖气，只等李峰结婚时请人打几件家具就成。

李峰的父亲和母亲正坐在里屋的炕上招待刘支书，小木桌上摆了一盘花生米，一碗家常豆腐，每人跟前摆了一杯红高粱酒。

“老李哥，村里最近组织宣传队的人员到镇上演出，你家李峰既是党员又年轻，而且当过兵，宣传队需要他。我跟村委会的领导班子沟通过了，大家表示选他进入宣传队担任队长。”刘支书跟李峰的父亲说道。

“我家李峰？别逗了，他才 21 岁，见了女人就脸红，哪能管得了那几个婆姨呢。不行，不行，你找其他人干吧。”

父亲的话音刚落，“爸，让我干甚了？”李峰撩起外屋竹帘进门笑着问。

“李峰，你进来，你看谁在了？”

听了父亲的话，李峰赶紧招呼道：“刘叔，您来了。”

“李峰，你刘叔说选你当宣传队队长哩，我说你干不了。”父亲笑道。

“队长？宣传队？爸，我可以试试啊！”

刘支书把话接过来：“就是嘛，你让孩子锻炼一下嘛，趁年轻。”

“刘叔，我试试吧，您老人家可要支持我，”李峰接着又说道，“我爸总以为我还是个孩子呢！”

李峰的父亲笑着端起酒杯抿了一口，伸手从炕边拿起一盒烟，递给刘支书一支，李峰划着火柴为刘支书点烟。李峰的父亲也点了一支烟，放到嘴里吧嗒吧嗒抽了几下，缕缕烟雾徐徐散开。他沉思着，既为李峰有个历练的平台和机会感到高兴，也为儿子能否管得了几个婆姨而担忧，为人父母者，总是有操不完的心。

“李峰，来，给你也倒上一杯，咱爷儿俩喝上一个。你当过兵，又是党员，见过世面，先把宣传队管好，以后啊，村里的事有你干的。来，干了！”刘支书用期待和鼓励的眼神看着李峰。几杯白酒下肚，李峰脸也红了，说话的底气更足了，就如要上战场的战士，有一种胜利在望的感觉。

夏季的傍晚，空气中弥漫着淡淡的花香，夕阳的余温还未散去，远处的云霞映着落日，天边酡红如醉。送走了刘支书，李峰沿着青河岸边慢慢走着，晚风带着夏日的凉意拂动着河边的芦苇，衬托着渐深的暮色。尽管自己和刘支书信誓旦旦地表了态，但他内心依旧有些忐忑，难道宣传队的这帮女同志真的如他父亲担心的那样不好管？管他呢，这样才能锻炼自己的管理能力，在部队锻炼了几年也得检验一下了。于是他刻意挺起胸抬头看向远处的山，就像个即将奔赴前线的战士，心里充满了斗志。忽然又觉得自己的行为有些令人发笑，于是不好意思地低头看着这条青河。

眼前的这条河流淌了多少年他已无从考证，只知道它是黄河的一条支流。这条清澈而美丽的河伴随了他二十多年，一到夏天这儿就成了孩子们快乐的天堂。此刻，李峰耳边仿佛响起童年时那欢快的嬉闹声，小学、初中、高中，直到退伍，河水低声吟诵，绵绵不绝。

李峰在一块平整的石头上坐下来，随手折下一支在晚风中摇曳的芦苇，他的目光随着河水延伸到远方。这些年，他求学、当兵、退伍，就像眼前的这条河一样，从未止息。河水润泽万物，那自己的成长历程中又留下了什么呢？他脑海里浮现出在部队经历的种种磨炼，所有的光荣与彷徨，然后在记忆的深处，有一个温柔到令人心痛的影子翩然划过。兰芝，兰芝，她的名字就在唇齿之间，最后却只化为一声深深的叹息。天际有几点星光微现，河对岸柳树的枝叶迎风而舞，沙沙声和河水声在夜色中合奏出一种美妙的旋律。

太阳升起，又迎来了新的一天。

河西村村委会坐落在村子的东面，坐北朝南，是由一个麦场改造而成的。场地空旷，中央辟有一个小广场，广场中央屹立着向远方挥手的毛主席雕像。四周用砖砌成近两米高的围墙，外墙上刷着两条标语“建设社会主义新农村”“发展才是硬道理”。一进大门就能看到照壁上画着毛泽东、邓小平、马克思、恩格斯、列宁、斯大林的巨幅彩色画像，两边有几条飞扬的红旗。场院里盖着十几间房子，是村委会办公及开会的地方，有一间大会议室，是由三间房子打通后改建的，有二百多平方米的样子。会议室西面的墙上装有一块大黑板，会议室除了开会使用外，其他时间基本上是宣传队的人排练节目的场地。

整个上阳镇就数河西村的村委会大，功能齐全，每年春节搞活动时差不多全村的老百姓都在这里聚集。尤其正月十五搞龙灯赛时，这里更是热闹非凡。只见两条飞龙上下飞跃，如在半空吞云吐雾，又似在水中翻江倒海，龙头硕大而威严，龙须飘动，目光如炬，仿佛“神龙”一般。两条龙都有二十几米长，舞龙的后生们各个身强体壮，他们身穿黄色对襟衣、灯笼裤，腰扎红色绸带，头裹黄布，高举舞龙杆，兴高采烈地舞动着，直看得人们眼花缭乱。龙灯赛上，当然少不了灯。院子四周挂满各式各样的节日彩灯，村里规定每家每户都要出灯，最后评选出一、二、三等奖及特等奖。李峰的父亲是村里有名的巧匠，连续两年拿了特等奖，奖状就贴在李峰家一进门的客厅墙上最醒目的地方。

这一天，村委会的小广场暂时是李峰的舞台，他要在这里唱好这新官上任的第一出戏。

此时的小广场上，十几个男娃女娃正叽叽喳喳地说笑着，相互推搡着。

“哎，我给你们透个消息，李峰要当咱们的队长。”消息一向灵通的翠香赶紧向大家报告。翠香是村里有名的快嘴，心地善良，就是嘴上不让人。她和彩霞能歌善舞，是宣传队的台柱子。

“哪个李峰？”大伙儿的好奇心都被吊起来了。

“就是老李家的小子，刚退伍回来，歌唱得好，还会吹笛子呢！”翠香说道。

人群里，柱子高声说道：“李峰你们都不知道？我同学，学习好，一直当班长，人长得很帅，后来当兵走了，每次回来探亲时我们几个同学都聚一聚，听说张大娘给他排了一溜儿姑娘要给他说亲呢！”

这话别人听了还好，彩霞却一下子羞红了脸，因为前两天张大娘给自己提的人正是这个李峰。

正说得热闹，刘支书领着李峰走到院子中间，他猛吸了口烟，扔到脚下，用脚踩了踩，抬起头看看大伙说道：“安静，安静下！我给你们宣布个事，从今天起咱们宣传队由李峰担任队长，村里事多，宣传队的事我就不管了。你们要多支持他，翠香，尤其是你，要带头给大伙做个表率。下个月就要到镇上会演了，你们得给咱河西村争个名次啊！下面让李峰给大伙说几句，大家欢迎！”

李峰看着眼前的十多个人，用眼睛快速扫了一下，当看到彩霞时，突然停了下，心想，这个姑娘好眼熟。彩霞此刻也迅速低下头，脸一阵发热，为了掩盖自己害羞的表情，她不停地用脚搓着地上的土。李峰也赶紧收回目光，上前一步向大伙鞠了一躬，真诚地说道：“大家好，感谢村委会对我的信任，也拜托大家能多支持我的工作。”

“没问题！”柱子拍着胸脯说道。

“你是说睡觉没问题吧？”快嘴的翠香戏弄柱子道。

“那都啥时候的事啦，不就是镇领导审查节目那天，我睡过头了嘛。再说刘支书都罚我翻了三十个跟头了。”

“好了，你俩先别吵闹，我去镇上开会，下面的事就交给李峰了。”说着刘支书拍了拍李峰的肩膀就走出了院子。

柱子对着刘支书的后背喊着：“刘支书，到时候组织咱村的人给我们当啦啦队，尤其是多叫上几个女孩子。”

“你小子，跟头翻得还不够啊，小心李峰队长让你翻一百个。”刘支书回头说道。

“没事，只要有女子看俺，一百个跟头算甚！”

翠香指着柱子的脑袋：“你啊，又该被你爸训了，赶紧训练去。”

李峰目送刘支书离开，转过头来看大伙都在等着他，连忙笑着和他们一同进了村委会的会议室，开始过节目。一共有十个节目，大伙已经练了半年，每个节目都很精彩。李峰心里暗自高兴，没想到村子里有这么多人才。很快到中午了，李峰看了一下表，决定十二点准时解散，下午照常从三点到五点半集合排练。

等大家都各自散去后，李峰才和一直在等着他的柱子一起回家。自从李峰去当兵，他们俩难得聚到一起，于是李峰邀请柱子去自己家吃午饭。柱子是李峰父母从小看着长大的孩子，李峰娘看到他来家里很高兴，可口的家常饭菜摆了一桌，还把前几天李丽回娘家时买的点心拆了一包。李峰和柱子一边吃东西，一边讲部队里的见闻和村里的趣事。从高中以来，李峰这些年也算是经历了一些世事，这让他的性子沉稳了不少，从他身上很少看到少年时神采飞扬的样子。那天和柱子说得兴起，他的心情也随之好转起来，就像从荫翳处透射出了阳光。

要说李峰也不是那种拿得起放不下的人，虽然说少年时代那段青涩之恋，以无可奈何的离别告终，但对自己的每一个选择，他决不后悔。昨日已去，他有足够的勇气迎接未来。

这几天排练节目比较顺利，大家都十分配合李峰的工作。李峰通过彩霞的眼神能看出她对自己的情意，但他此刻的心思都在节目上，于是，李峰总是回避直视彩霞那双闪动的大眼睛。

一个月的时间很快到了，大家摩拳擦掌地准备去镇上演出，给河西村争光。

上阳镇正街中心有个老戏台，这个戏台是明清时建的，是一座保存良好的百年老戏台。戏台全是由粗木大料构建而成，面积约三十平方米。戏台正面木质墙壁的中央是一幅彩色壁画，画的是一大一小两个古装人物。大的显然是位文官，身着大红袍，头戴乌纱帽，笑眯眯地侧身看着身边的那位小矮人。那位小矮人可能是他的随身侍从吧，身着青衣，扎一红腰带，面目因时间久远看不太清。戏台里面的墙上，贴着上阳镇五村联合会演的时间表和节目表。以前，每逢年节或是农闲的日子，周边县市的戏班子都会来镇上演出，一演就是好些天，热闹非凡。这几年在气候适宜的夏季和秋季，镇上都会组织附近几个村的村民来这里赶会。

李峰他们的演出是第五场，演得非常成功。最引人注目的，是河西村彩霞、翠香、玉爱等十个女娃表演的集体歌舞《采槟榔》，那歌声宛如天籁之音：

高高的树上结槟榔
谁先爬上谁先尝
谁先爬上我替谁先装
少年郎采槟榔
小妹妹提篮抬头望

低头想呀

他又美他又壮

谁人比他强

赶忙来叫声我的郎呀

青山好呀流水长

那太阳已残

那归鸟儿在唱

教我俩赶快回家乡

跳舞的女孩子们，身着果绿色上衣和镶着银色亮片的裤子，步履轻柔，姿态优美。尤其是领舞彩霞的舞姿最为出众，衣袂飘飘，让人陶醉，再加上她那大而有神的眼睛，眼波流转，让人痴迷。翠香的《亚洲雄风》韵味醇厚，很有歌星韦唯的味道。李峰用笛子演奏了一首西北民歌《山丹丹开花红艳艳》，博得了观众的阵阵掌声，口哨声不绝于耳，只得又加演了一首西游记主题曲《敢问路在何方》，观众才算作罢。

演出结束后，演员们在后台卸妆换装，李峰正用毛巾对着镜子擦脸，一股淡淡的茉莉花的香味飘来，一杯自己最爱喝的茉莉花茶递到了眼前。“喝杯水吧。”李峰在镜子里看到已经卸好妆的彩霞。

“这茶好香。”李峰赶紧转身接过杯子“咕嘟咕嘟”地喝了几大口，茶水的温度刚刚好，不凉也不烫，显然是精心准备的。这茶是用玻璃罐头瓶泡的，淡黄色的水下沉淀着褐色的茶叶，两朵白色的茉莉花漂在瓶口，一朵是已经绽放的花瓣，另一朵是含苞待放的花骨朵，阵阵清香沁人心脾。

李峰喝完水目光移向彩霞，只见她黑亮的大眼睛上长长的睫毛扑闪扑闪，粉红色的唇微微翘着，带着欲语还休的笑意。彩霞一触及李峰的目光脸便红了，低头间又给了他一个羞涩的甜笑。这下子李峰的脸也不由得红了，怕柱子他们看见取笑自己，便赶紧把杯子还给了彩霞。彩霞走后，他才想起刚才都忘了说声“谢谢”。

一个星期后，宣传队恢复训练准备去县里参加汇演，快收工时，彩霞又来找李峰。她听人说李峰爱看书，家里的书很多，就来找他借书看。李峰爽快地答应了，第二天给她带来一套路遥的《平凡的世界》，说道："我已经看过几遍，送给你吧。"

彩霞赶紧接过来，往左右瞧了瞧，便说道："谢谢你啦，可我是初中毕业，怕看不懂。有什么不明白的地方你给我讲讲行吗？"

李峰点点头："好的，你先拿回去慢慢看，等会演结束后我们一起探讨。"

李峰和彩霞的第一次约会，是在彩霞家的瓜棚里。彩霞花了半个多月的时间，细细地把一套书都看完了。一开始，她的确是想以借书还书的由头接近李峰，但是自己渐渐地被书里面的人物吸引了。少平、少安、田晓霞、田润叶、李向前、贺秀莲……一个个鲜活的人物像是在她脑子里复活了一般，她有一肚子的感想迫切地想与李峰交流。

已入伏的夏天，午后本是炽热的，这天微微有些风，带来丝丝凉意。山脚下二十亩苹果园是彩霞的父亲包种的，他们家还在果园边种了一小片甜瓜。这片果园平时是彩霞的父亲经营着，彩霞是个体贴的女孩儿，只要她没事，中午就由她替换父亲回家吃饭午休。

这天，李峰应彩霞的邀请来到这里，他一眼就喜欢上了这个地方。地里的甜瓜已经如拳头般大小，两边几行玉米形成了一片绿色屏障，地头是一间用草搭建成的三角形棚子，可遮风避雨。棚子里支起一张床板，床上有浆洗干净的褥子枕头，床的旁边放着一个有大朵牡丹花纹的暖瓶。彩霞拿起暖瓶往杯子里倒了些水，凉好后递到李峰跟前。

李峰单独和女孩子坐这么近，心突突地跳，彩霞给他递杯子时，他连头也没敢抬，急急地喝完就红着脸把杯子递给了彩霞。

"看把你渴的。"彩霞接过杯子，又倒满水，放在帐篷的门口让风吹着。

李峰坐在床边的一个小木头凳子上，想随便说几句话平复心情："你爸啥会儿走的？"

“刚走。你等着。”彩霞起身去地里挑了一个带着香味的甜瓜清洗了一番递给李峰。李峰把瓜掰开，和彩霞一人一半，两个人一口一口地吃着，一直没有说话。

“书呢，你带了吗？”李峰为打破这种安静赶紧问彩霞。

“哦，在我包里。”彩霞一面应着一面把书取了出来。

李峰轻轻地抚摸着书的封面，感慨地说：“我在部队的时候，就开始读《平凡的世界》。书里的主人公孙少平，把人生的不幸当作历练的机会，通过不断的努力和奋斗，超越自身的局限，收获了不平凡的人生。人，无论在什么位置，无论多么贫寒窘迫，只要有一颗火热的心在，只要热爱生活，上天对他就是公平的。”说到这本两人都读过的书，李峰没有了最初的拘谨，一字一句都是自己最真实的感想。彩霞听得有些入神，她似乎有些听不懂，但又觉得李峰是在说他自己的故事一般。

彩霞不好意思地笑了一下：“李峰，我没你想得那么深刻，只是觉得书里那些人物就像我熟悉的人一样，他们高兴了我也高兴，他们伤心了我也伤心。你猜我最喜欢里面哪个人？”

李峰略一思索，他觉得彩霞喜欢的人物应该是兰香，那个一路由苦难走向光明的单纯女孩。还没有等他回答，彩霞已经脱口而出：“我喜欢那个李向前，他是一个苦命人，也是一个厚道的人。”

“李向前？”这倒在李峰的意料之外。

“是啊，李向前喜欢润叶，就一直喜欢。他自己也做不了自己的主。无论经历怎样的磨难，他的心永远都是暖的，看他残疾后偷偷地学修鞋手艺那部分时，我都看哭了。”彩霞轻声细语地述说着自己的感想。

李峰的眼睛亮了，彩霞虽说读书少，却有一股天然的灵气，以她独特的方式感知着周围的一切。恍惚中，李峰觉得彩霞像极了兰芝。

乡村的午后是静谧的，不远处的村庄炊烟已经飘散，下午还要出工的人们，现在正进行短暂的休憩。此时在这间小小的瓜棚里，李峰和彩霞这对年轻人，也感受到一种久违的安宁，是心灵上的安宁！李峰翻开书，读了一段他很喜欢的段落：

“孙少平怀着感激的心情退出了老师的房子。他从老师的眼睛里没有看出一丝的谴责，反而满含着一种亲切和热情。这一件小小的事使他对书更加珍爱了。是的，他除过一天几个黑高粱面馍以外，再有什么呢？只有这些书，才使他觉得活着还是十分有意义的，他的精神也才能得到一些安慰，并且唤起对自己未来生活的某种美好的向往——没有这一点，他就无法熬过眼前这艰难而痛苦的每一个日子。”

刚才还徐徐飘着热气的那杯水此刻已冷却，周围寂静无声，空气中只有那淡淡的茉莉花香，弥散着一种温馨的气息。李峰恍然惊醒一般，站起身来向彩霞告辞。彩霞有些不舍，慢慢地站起来绕着辫梢，两人约好明天午后再在这里相见，才各自按捺下喜悦的心情分开。

第二天的瓜棚之约出了点小状况。中午时一场突降的雷阵雨把李峰拦在家里，大雨滂沱，他只能站在窗前干着急。下午两点多，雨渐渐小了下来，李峰虽然想着这天气彩霞肯定也出不去，但还是抱着一丝希望赶到山脚下的瓜地。瓜棚近在眼前，却没见彩霞的身影，倒是听到几声老人的咳嗽声，估计彩霞的父亲也被暴雨拦在这里回不去了。第二天、第三天天气很好，李峰都按约定的时间前来，却还是没有见到彩霞。李峰心里七上八下的，在村里悄悄打听了一下，原来，彩霞那天冒雨给她爸送饭淋感冒了。这段日子常见面还不觉得，乍一分离，李峰忽然有种一日不见如隔三秋的感觉。彩霞家的门前，种着一大片花草，蓝色的牵牛花、火红的指甲花，彩霞的父亲为人敦厚勤快，还种了一些菜，有西红柿、茄子、西葫芦，还有南瓜。李峰在火热的晌午悄悄从她家门前走过。

等彩霞感冒好了之后，李峰请她和柱子、翠香、玉爱几个人去镇上看电影。回来的路上，李峰把彩霞送到家门口。这几天他没有单独见过彩霞，看电影时人又多两人不好意思多说话，这会儿，两人都舍不得马上分开。

“你回吧。”彩霞闪着一双大眼睛说道，却没有回身进自家院门，反而跟着李峰向前走了几步。

李峰也是不舍，提议说："要不咱们往村委会那边走走。"

两个人一前一后地走着，李峰怕被村里的人看见，大步流星走在前面，一回头，只见彩霞站在原地不动。李峰赶紧返回来："怎么不走了？"

"你走得那么快，我跟不上。你一个人去吧，我回家啦！"

李峰知道彩霞生气了，忙解释道："我怕村里的人看见咱俩，对你影响不好。"

彩霞赌气说："我都不怕，你怕啥？介绍人跟咱们两家人都说过了，大人们也都知道，就是你妈嫌我比你大。"

"没事，我的事我做主。现在是什么年代了，老话说得好，'女大三抱金砖'！"

"去你的，就你生了一张滑嘴。"彩霞娇羞地推了李峰一下，李峰也趁机用右手食指刮了一下彩霞的鼻子。

"你！"猝不及防的彩霞赶紧捂住脸，瞪着李峰。

夏季的黄昏，风也是温柔的。两个人走着走着，遇到一片水洼地，有半脚深。看着彩霞没留意要踩下去，李峰伸手拽了她一把，谁料彩霞把手一甩，不让李峰拽她，而是从旁边绕了过去。李峰不解，彩霞说道："咱俩刚谈，你不许碰我，让人看见不好。"

李峰不解："咦，刚才你不还说你不怕吗？"

彩霞这时倒有些忸怩了，她抿了下嘴唇，想一想还是勇敢地把心里话说出来："我不怕人看到我和你一路走，也不怕人知道我们要好，反正我是打定主意一辈子要和你在一起的。但手拉手走不行，这在村里会被人笑话的，人家正经办过宴席拜过天地的两口子都不兴牵手逛的。"

李峰看彩霞真的有点着急了，也只得依她，心说下次一定找个爱情电影和她一起看，也许她就不这么认死理儿了。

事实证明，对于两情相悦的青年男女，一切亲热举动都是水到渠成的。这一次，李峰和彩霞约在村头的小树林见面。乡村的夜空是纯净的，皓月当空，繁星点点，看着深邃的夜空，每个人都会被它激起无限的遐想。四野一片寂静，远处偶尔有蛙声响起，皎洁的月光笼罩着大地。这些天，彩霞把《平凡的世界》又翻看了一遍，这时正急着和李峰交流感想。

李峰道："少安、少平和咱们一样都来自农村，咱们现在的时代和条件比他们好多了，咱们也要带领村里的年轻人致富，让咱们村成为一个现代化的新农村。"

彩霞心中对李峰生出一种依恋和崇拜之情，在她眼里，李峰像一个英雄又像一位老师。"你说得真好，我也要讲给翠香和玉爱她们听。"

李峰高兴地伸出双手拉住彩霞，两人面对面站着，彩霞这次没有躲闪，反而轻轻地依偎过去。李峰伸出右手揽住她的腰，两人一时间都没有说话，似乎连彼此的心跳声都清晰可闻。

过了好一会儿，彩霞才说道："我都这么大了还没嫁，爹娘早就急得不行了，也就是他们疼我，不愿意违拗我的心意来逼我。好在我终于还是等到了你。李峰，我这一辈子知足了！"

李峰把彩霞抱得更紧了，虽然在年龄上彩霞大了他两岁，但是李峰的阅历和见识，让他远比同龄人更为成熟稳重。相比之下，一直在河西村被爹娘娇养大的彩霞，心思单纯通透，看起来反而比李峰还小些似的。听彩霞说了心里话，李峰连忙安慰她说："傻女子，一辈子长着呢，我们好好过，长长久久一辈子。"

幸福快乐的日子总是过得飞快，转眼间秋去冬来又一年，红红火火的春节过后，又将迎来一个春暖花开的季节。厚重的冬衣即将脱下，这天，彩霞让李峰试穿自己给他织的毛衣。

彩霞端详了一阵，觉得哪儿都合适，就是袖子有点长，"你脱下来，我再拆掉几行锁了边就拿给你，顺便把我给你妈织的毛衣也带回去，千万别说是我织的啊！"

"那我说谁织的？你说。"

"你说托宣传队的翠香姐织的呗。"

"好吧。要不，咱俩把婚事办了吧，也省得媒人总跟着操心。"这些天，李峰总喜欢逗彩霞。

彩霞红着脸抱着李峰的腰，把脸贴在他的后背上："媒人一直给咱俩提亲，你爸妈也知道咱俩都在宣传队，只是需要有个人去跟两家大人说一下。"

李峰把这事放在了心上，和彩霞分手后，他找到刘支书，把自己和彩霞的事情一一道出。刘支书一向很欣赏李峰，也觉得彩霞这女娃很不错，两人郎才女貌，当下就把这事包揽下来。

没过几天，刘支书就把两家大人叫到一块，谈起婚嫁事宜。亲事是早就提过的，大人们也都没对他俩的事干涉太多，其实两家人心里早就默许了，就等着有人先捅破这层窗户纸。李峰的母亲一开始因为彩霞比李峰大两岁，心里还有个结儿，这段日子看彩霞这孩子温柔体贴，也越来越喜欢她了。至于彩霞的父母，对李峰这个女婿爱得不得了，要不是女方不方便催婚，早就想让他们赶快成家过小日子了。

李峰的父亲托人找了一个先生选日子，先生把俩人的生辰八字看了又看，最后挑了一个良辰吉日。

那时的婚礼很简单，典礼由刘支书主持，彩霞穿着一身红色的薄棉袄、棉裤，头上别着一串粉红色的珠花，一直垂到耳边。这也是有讲究的，村里老人都说，结婚穿棉袄，吃喝不用愁。一帮小孩子跟着大人们转来转去，就等婚礼结束后到院子里抢由天而降的喜糖，这是孩子们最开心的时刻。

吃罢酒席，客人们渐渐散去，柱子和几个年轻人在李峰的一再央求下也不舍地回去了。累了好几天的新婚小夫妻这才有机会说说悄悄话。年轻人那火热的青春，一切都是那么甜蜜、浪漫、美妙。

第5章

没过多久，柱子这边也开始有了“情况”。柱子这人是个直性子，从小到大，都不耐烦和爱哭爱急眼的女娃一处玩耍，也就像郭亚鑫那样的爽快女生才能跟他说得来。不料这些天这傻小子竟像忽然开了窍一般，在上阳镇看上了一家理发店的女孩。

这女娃姓刘，小名叫六女。六女的身世其实挺可怜的，她的父母是河东村一对老实巴交的夫妻，两人成婚快十年了，却一直没有生养。也不知道求过多少神，吃过多少药，最终还是膝下空空。一天，老刘推个独轮小车去赶集，准备抓两只好的小猪崽儿回来养。刚走到村头，就看到前面碾房门口围了一群人，吵吵嚷嚷地不知道说些什么。走近一看，可是出大事了。原来，今天一早有人来磨面，忽听得一阵婴儿的啼哭声，发现一个蓝花襁褓端端正正搁在碾盘上。

这是一个被狠心的爹娘弃养的女婴，看样子刚生下来没几天，现在已经哭得没了力气，一张小脸皱皱的，嘴唇周围微微有些青紫。大伙儿正围着这婴儿议论纷纷，都猜测这可能是哪里的大闺女养的私孩子，趁天黑丢在这里，生死都看造化了。大伙看到老刘推着小车过来，都是眼前一亮，这不是打瞌睡有人递枕头正正好好吗？大伙让老刘把这个没主的孩子收了去，一家人就全乎了。

老刘弄明白了这里的情况，不由得心里发酸双眼发热，紧紧地抱住小小的襁褓再也不撒手，也不去集上买猪崽儿了，像捡了一个大宝贝一样转身抱着女孩一口气跑回了家。

这孩子从此在河东村有了家，因为她是六月份被捡回来的，爹娘就起名叫她六女。爹亲娘爱长到二十岁，六女出落成一个爽爽利利的好姑娘。现在爹娘年龄大了种不了田，就在自家地里扣了两座大棚，种些蔬菜瓜果谋生活。而六女的爸爸为了让她有个手艺，硬是花了几百元让她学了理发，六女从十九岁开始，到上阳镇租了一间不到十平方米的街面，开了一个理发店，六女的爸爸每天推着自己大棚的菜和女儿一起去镇上。六女脑子灵活，泼辣肯干，手也巧，洗、剪、烫、染都不在话下，生意做得有模有样。

柱子和六女相识，是一个很偶然的机会。那天，他骑车到上阳镇办事，回来时经过一个十字街，正遇到两伙小泼皮无赖打群架，行人纷纷躲避，也有些大胆又好事的人躲在一旁看热闹。柱子把自行车立在一旁，准备一会儿消停了再过去。他停车的那个空当，正好在六女爸爸的菜摊子后面。本以为这里是安全地带了，不料那打架的人群里，忽然有人撑不住了要开溜。那人捂着胳膊上正淌血的伤口往前跑，后面两人紧追不舍，一行人横冲直撞而来。

六女正好给爸爸送水，眼看着他家的菜就要遭殃了，她当时就急了，摊子上的各种蔬菜瓜果可都是爹娘辛辛苦苦种出来的，绝不能就这样被人糟蹋了。现在收拾已经来不及了，她下意识随手抓起一个筐子把追赶的人推出一米多远。柱子在她身后，把这一切看得真真的，这女子的举动，激起了他的好奇心，他决定如果真的有事，说什么也要帮她一把。

逃跑的那人擦着她家的菜摊子而过，另外两人直起身来拎着大号扳手咬牙切齿地往六女这边过来。柱子一步冲出去："你们打架，差点踩了人家女孩的菜，还有理啦？"

那两个人看见壮实如牛的柱子，转头一看被打的人带着六七个人正往这边赶来，两个家伙递了一个眼神往镇的东面跑去。

六女看看由于紧张而满脸通红的老爹，赶紧安慰道："爸，你喝点水吧。"看看家里的菜没有被踩踏，刘老汉暗自庆幸，又感激地给柱子倒了一杯水，挑了一个瓜递给柱子。刘老汉看着勇敢的女儿，心想这孩子没白疼啊。

“大爷，你家这女子可以啊，抽支烟吧。”

“哎，那谁，刚才谢谢你了呀！”六女冲着柱子喊道。

柱子这才有工夫打量了这女子几眼，只见她衣着虽然朴素，却整洁合体，辫子盘在脑后，露出一张微黑但很有几分俏丽的脸庞，整个人既干练又清爽。

六女拾掇好菜摊子后发现没什么大碍，眉眼立即活泛起来。她抱起一个摔出了裂纹的大西瓜，用手巾擦去浮土，切开了分给大伙吃。这瓜是熟透了的，又沙又甜，水分也特别足，吃瓜的人都叫好。六女笑逐颜开，说：“那当然了，我爸种的瓜个顶个儿好！”

看看天色，六女回店里收拾一下准备回家，“爸，你等我关了店面。”说完又给柱子塞了个西瓜。

从上阳镇出来，河东村、河西村是往一个方向，刘老汉带着剩下的菜先回去了，柱子推着自行车和六女一同走，边走边说些闲话。柱子平时有些闷，但和六女却有说不完的话，只看到她那鲜活生动的表情，他就打心里喜欢。

六七里路走下来，两人已经像是认识了多年的朋友一般。六女是知道自己身世的，村子小，每家的七长八短大伙都彼此知道，小孩子打架，大人们闲谈，总有漏出口风的时候。六女在很小的时候，就知道自己是抱养的，爹娘不是自己的亲生爹娘。但这又怎么样？总归爹娘是疼自己的。可她毕竟知道自己和其他孩子不一样，所以那种无话不谈、亲亲密密的好朋友并不多。今天遇到柱子，她觉得柱子这人仁义，又有些傻气，竟然和自己十分投缘。六女觉得什么话都能和柱子说，他既不会嫌弃自己泼辣，也不会因为身世就对自己另眼相看。

柱子一有空闲，就到上阳镇看六女，时间充裕的时候，就留在那儿帮她爸爸卖会儿菜。两人说说谈谈，卖菜也成了一件乐事。柱子觉得这女子就是一个宝藏，总让人有新的发现。六女心算又快又准，理发利落。店里没人时，她就帮爸爸把把秤盘子，眼睛盯着秤星子，嘴里就把斤两和钱数报了出来。柱子在一旁听着，拿着根树枝在地上写写画画半天，才发现自己算出来的数和六女的数分文不差。

没有顾客的空隙里，柱子问六女："你上学的时候，成绩一定很好吧？"在柱子心目中，像六女这样的奇才一定是各门功课顶呱呱，只是因为家庭条件所限，才没有把书念下去。

不料六女倒不好意思了，她说："不是这样啊，我只上过小学，初中没毕业爸爸就让我学手艺去了。不瞒你说，我上学那会儿就算数还说得过去，这还得是算实物，那些曲里拐弯儿的应用题，我就算不明白。写作文也不行，老师让写五百字，我一百字就把话说完了，笔尖儿把纸都戳烂了，也憋不出话来。"

柱子听得哈哈大笑，说："咱们俩差不多，我虽然念了高中，但自己都不知道是怎么考上的，后来更是看到书就头疼。"柱子忽然间想起了什么似的，看着六女说："我念书不成，但有几个好朋友倒是爱念书的，就说李峰吧，他就爱看书，还会写诗写文章呢。不说他了，反正，以后你总会认识他的。"

六女脸红了，白他一眼："你的朋友，我干吗要认识？"

柱子说道："当然要认识，我的朋友你要认识，以后，我爹娘、哥哥、妹子你都要认识哩。"

和六女交往的事，柱子果然先告诉了李峰，他觉得李峰成了家有经验，正好可以指点自己一下。发现从小玩到大的伙伴终于开窍了，李峰也很高兴，他告诉柱子别的都不打紧，只要两个人真心要好，日子就能过得甜甜蜜蜜。不过他又提醒柱子，虽然现在能自由恋爱了，一些礼数还是不能少的，这也是为六女好，女子的名声金贵，不能让人在背后乱议论。既然柱子是图长远的，不如找个媒人和两家大人说一下。说到媒人，还得去找刘支书，刘支书为人热心面子大，有他出面事就成了一半。

不料刘支书这次遇到了阻碍。柱子和六女虽然要好，但两家大人却各自有些小想法。柱子家这边，他爹娘也是知道邻村六女的身世的，觉得这女子来路不明，心里有点疑虑。后来还是被李峰和彩霞两人一顿劝说，柱子他娘又到上阳镇偷偷看了六女之后，才吐口应下亲事。六女家呢，爹娘疼是疼她，但一提闺女要嫁人，老两口心里还是一阵阵的失落。唉，就是没有孩儿的命啊，二十年养大个闺女，末了还是人家的人。但是六女铁了心要嫁柱子，于是她爹娘提出来，要柱子家拿出一千八百元的彩礼才让过门。

柱子家光景不算好，他爹娘东挪西借，还是没有凑齐。一天，柱子找了李峰和彩霞，“我爹娘都急死了，要不算了，这婚不结了。我就不相信，我这辈子还能打光棍不成？！”柱子气呼呼地说道。

“兄弟，钱是人挣的，人错过了可就难找了。差多少钱，我和李峰给你凑一点，要还是不够，赶明儿我去我姐姐家给你借点。”彩霞人温柔，说出的话却一句顶一句。

“还差三百元呢。”柱子低着头，抽着烟说道。

“你等着。”不一会儿，彩霞从里屋出来，她现在有了身孕，肚子已经显怀了。她拿出一小摞钱：“这是三百元，你先拿上，不着急还。”

柱子把烟一掐：“彩霞，我不是来借钱的，我是心里堵得慌，跟你们聊聊。再说，你快生产了，家里也需要备点钱。”

“不用你操心，我妈早给备下了。”李峰说道。

彩霞把钱塞到柱子的口袋里：“拿着！我还等着六女和我做伴呢！”

接着，李峰两口子又把柱子好一番盘问，给他讲了些持家立业之道，叮嘱他好好和六女相处。

柱子笑道：“幸亏有你俩开导我，不然我这死脑筋，不知道啥时候才能开窍呢！”

第 6 章

四月的天，太阳温暖地照着大地，冰雪消融，河水又恢复了原来的样子。柳树舒展开嫩黄的枝条，春风拂动，柳枝就像一群身着翠装的仙女在翩翩起舞。山上的花儿给世界穿上了一件轻柔的衣裳，美丽极了。一群小鸟叽叽喳喳地在树头飞来绕去，所有沉睡的种子，都在这个时节赋予生命一种崭新的姿态。

李峰正在浇地，翠香跑来告诉他，彩霞要生了。前几天李峰的母亲刚把早就准备好的小被子、小褥子和婴儿穿的衣服包了两大包拿过来，看来，还是老人们有经验，李峰一边往医院跑一边想。一进镇医院的院子，就听见妇科刘大夫在说话。李峰跑进病房看见彩霞靠着两个被子，她脸色发白，头发都湿了，估计是疼得厉害，看见李峰回来，她还是勉强地笑了笑。

李峰拉着彩霞的手问："疼得厉害吧？"说着把自己的手放在彩霞嘴边，"你要是疼得厉害就咬我的手。"

"不怕，没事，生孩子哪有不疼的，没事，我能忍住！"说着彩霞把头扭到一边，估计又疼了。

"我给彩霞打了催产素，估计今天就能生，第一胎，宫口开得慢一些。你们一会儿准备点汤面，让她补充点能量。彩霞，你自己看着时间，看几分钟疼一次，等到一两分钟疼一次的话你就告诉我。"刘大夫是位四十多岁的女大夫，很有经验，她一边喝水一边安排着，丝毫不着急。一旁的李峰和彩霞的妈妈却急得一直出汗。

过了一会儿，李峰摸摸彩霞的头，她的头发湿得就像从水里捞出来一样，李峰问道："现在几分钟疼一次？"

彩霞咬着自己的指头说道："不到两分钟就疼一次。"

李峰赶紧回头看刘大夫，只见刘大夫放下杯子，戴上听诊器在肚子上下听了几下，用两手左右摸了摸肚子，让彩霞把两条腿弯曲起来，把脚踩在床上，然后戴上手套为彩霞检查宫口。彩霞的妈妈和婆婆在床的两侧，一人扶着彩霞 的一条腿。

"宫口已经开得差不多了，推产妇进产房。"随着刘大夫一声令下，早已候在床边的两名护士将彩霞送入了产房。

李峰和母亲、岳母焦急地等在产房门口，他急得来回踱步。听到一声婴儿的啼哭，他赶紧跑了回来。"是个女孩，多漂亮的女孩，头发都这么长了！"护士从产房把婴儿抱出来送到李峰面前。

李峰站在那里，眼泪不由得流了出来："我当爸爸了，从今天起，我是个有女儿的人啦！"初为人父，李峰顿时觉得肩上又多了一份责任。

由于女儿出生在春天，这是个百花齐放的时节，李峰给女儿取名花花，希望她像春天的花朵一样美好。花花没辜负他的殷切期望，女儿长得很可爱，圆圆的脸蛋粉扑扑的，一双清澈而明亮的眼睛，高挺的鼻梁，樱桃般的小嘴旁有一对小酒窝，像极了彩霞。

花花满月后，李峰和柱子几个年轻人每人买了一台手扶拖拉机开始运送石灰。只要村里或镇上有工程，他们运输队就忙得不可开交。柱子呢，也当上了爹，六女给他生了个大胖小子，高兴得柱子他爹走到哪都显耀他的大胖孙子，说孩子吃相多好、长得多壮实多漂亮……村里有些个老人远远看见他过来就都溜走了。

李峰和彩霞的小日子过得红红火火的。彩霞在家带着花花，平时变着花样给李峰做饭，让村里和李峰一块干活的人羡慕不已，大伙都夸李峰有福气娶了一个模样俊、手又巧的好媳妇。没事休息的时候，柱子就煽动大伙让李峰讲他和彩霞在瓜地谈恋爱的故事，为这事彩霞没少数落他。李峰自豪地搂着彩霞道："媳妇，让他们羡慕去，这说明咱俩幸福啊！"花花看着爸爸搂着妈妈的样子，好奇地睁大了眼。

转过年来，随着李峰他们的业务量不断扩大，几辆拖拉机已经忙得不可开交，每天晚饭都是九点以后才能吃上，累得大伙撂下碗倒头便睡，天不亮就又出去拉活。彩霞和六女等几个婆姨都心疼地私下里埋怨自己的老公，说他们累得连衣服都来不及脱，孩子们也都快不认识爹了。

这天，彩霞天不亮就悄悄起床，给李峰做了两个荷包蛋，下了一碗面条，葱花炝锅，淋上香油，放在饭桌上。看了几次表才不忍心地趴在李峰耳朵边叫醒他。随后又给李峰沏了一杯茉莉花茶，用两个杯子倒来倒去，好让李峰喝上温度正好的茶水，提提神。她一边递水一边说："你们几个人揽这么多活，太累了，时间长了身体肯定吃不消的。"

"现在就六辆车，六个人，你说咋办？"李峰边吃边说。

"现在，各村的基建工程也多，要不你们在河东村或其他几个村再找一些人，联合出资再买几辆车，成立个运输队，这样的话你们可以分成两个队，实行两班制，不仅能轮休，还能多揽些业务。"

"对啊，我咋没想到？"李峰激动地一拍桌子赞许地看着自己的老婆，"老婆，你这个主意好，有点女诸葛的气派。"

"别逗我了，我是看着这些日子把你们哥几个累的，恰好昨晚看电视里说搞运输还可以在信用社贷款。你牵个头，让咱村和附近几个村的年轻人都跟着发家致富多好。"

"好，今晚我早点收工去见一下刘支书，合计一下，这事啊，准成！"李峰开车出门时，暗自为彩霞点赞。

李峰组织起运输车队搞扩大化经营，正闹得红红火火，不料家里却出了事。一大早，"彩霞，彩霞，快开门，你婆婆晕倒了！"一阵急促的敲门声把彩霞从睡梦中惊醒。

彩霞见翠香急匆匆跑来忙问道："怎么了，翠香姐？"

“快去村里保健院吧，你婆婆晕倒了，到现在还没有醒过来。”

“啊？我马上去！”彩霞穿上衣服就往外跑，忽然想起了正在睡觉的花花，于是，赶紧轻声对翠香说道：“翠香姐，麻烦你去我家跟我妈说一声，让她来家看一下花花。”

“李峰呢？”

“李峰和柱子他们去县里联系送货的事，昨晚没有回来。”

“哦，你去吧。孩子睡着吧？”

“睡着呢。”

“好，我去告诉你妈，外面雪大，你路上慢点。”

天还没有大亮，雪下得很大，雪花不时飘在彩霞的脸上、睫毛上。彩霞边走边想，婆婆一直就血压高，自己昨晚回家前还告诉婆婆要按时吃药，怎么说晕就晕了呢。彩霞一路小跑，踉踉跄跄进了保健院的院子，急忙往急诊室里跑，跑到门口，只见婆婆躺在床上，公公在床边守着，护士正在量血压。量完血压后，护士拿了一颗药，扒开婆婆的嘴，给她含在舌下。大概忙乎了两个小时，婆婆终于醒了过来，大伙都长出了一口气。

快到中午时李峰的姐姐李丽也得了信赶了过来，她嫁给了上阳镇的一个小学老师，如今调到了镇上的防疫站工作。看到妈妈这个样子，李丽暗暗垂泪，一转身又笑着安慰妈妈和弟媳：“这也是万幸了，以后好好调养调养，就没事了。”李峰不在家，李丽就是一家人的主心骨。

婆婆的命是保住了，却留下了脑梗的后遗症，走路一瘸一拐的，左脚和左手都有些不听使唤，说话也含含糊糊，嘴里好像含着一块东西。

等李峰妈妈的身体状况稳定些后，家人又送她去县里的医院做了个全面检查，这种病总归没有什么好办法，只能慢慢养着。过了几天，难得李峰在家，彩霞和他商量说：“咱们把爸妈接到咱家住吧，这样我也能照顾一下他们，咱爸一辈子不会做饭，咱妈的左手又不好使。”

其实李峰也有这意思，只是看彩霞带着只有两岁的花花，里里外外地操劳，也就没有提出来。

彩霞不等他说什么，就自顾安排了："今天你就和柱子他们把爸妈接到咱们院子来，我把对面的屋子已经收拾好了，暖炕的火也点了好几天了，屋子里挺暖和的。"

"你在家既得照看花花，还得忙里忙外，已经够累了。"李峰心疼地看着彩霞。

"不就是添两副碗筷嘛，你家里就你们姐弟两个，你现在可是顶梁柱呢。花花是还小，不过这也不妨事，好在我爸妈住得也近，他们没事的时候也能搭把手。"彩霞语气很坚定。

李峰用感激的眼神看了彩霞一眼："好吧，我这就去接爸妈。"

这一个月以来，李峰的母亲尽管能走路，勉强能照顾自己，但家务活却拿不起来，不是摔掉盆，就是扣了菜。心想着自己不能帮孩子们做事，还得让彩霞给他们送饭，心里总是很内疚。李峰的父亲也开始学着做饭，可不是油少煳锅，就是煮的夹生饭，而李峰在工地送白灰和材料的活又多，也不好意思耽误工夫。彩霞这么一说，李峰蹙了多日的眉头终于展开了，父母操劳了一辈子，尽孝是子女的义务。想到这里，他的脸上露出久违的笑容，忍不住哼唱起来："啊啊，牡丹，百花丛中最鲜艳……"

当李峰和柱子把老人接进院子时，屋里飘出一股饭菜的香气，一撩门帘，桌子上，红烧肉、葱花炒鸡蛋、干豆角炒肉、香煎豆腐、青椒炒木耳都冒着热气，散发着诱人的香味。其实，彩霞今天早上就准备好了，一是欢迎两个老人，二是给李峰一个惊喜。

"妈，大夫让你少吃肉。"李峰看着母亲已吃了五块红烧肉时，终于忍不住开口了。

"没事，吃完我领咱妈多遛遛就消化了。"彩霞接过话来。

"就是，我都快两个月没吃到这么香的肉了。"

看着母亲一副满足的样子，李峰和彩霞偷偷对视了一眼。李峰默默地感谢懂他的妻子，高兴得和父亲、柱子连干了好几杯酒。

晚上，月光初上，彩霞安顿好两位老人，收拾了碗筷锅灶，又在炉子中间用火柱扎了个眼儿，赶天明一捅就着了。待老人和孩子都睡下了，李峰搂着彩霞："以后你更受累了，早点睡吧。"

"不，你得一直搂着我，你不睡我也不睡。"彩霞撒娇道。她抬手摸着李峰的耳朵，吹了几口气。李峰痒得忍不住发笑，又怕惊醒旁边的女儿，便一把把彩霞搂在怀里。

这天早晨，李峰准备出工，彩霞要到镇上赶集，让他捎自己一段。这几天，工地上有个急活，李峰天天顶着星星走，戴着月亮回，昨天他半夜才收工，只睡了四五个小时，一大早又要赶着拉活去。

听彩霞说要跟着去，李峰打着呵欠说道："我拖拉机上装了一车石灰，没有你坐的地方。"

"我坐车斗上呗。"彩霞心里早有打算。

"不行，我们运输队统一行动，让别人看见不好。"

"没事，你就捎我一小段，好不容易我妈有时间看着花花，我去集上买点毛线给你和花花织件毛衣。"

"好吧。"

收拾完毕，彩霞和李峰各自亲了亲花花便出了门。彩霞爬到车斗上，随着一阵突突声，拖拉机开了出去。这段日子以来不仅李峰累，彩霞也累。李峰每天不管回来得多晚，她都会起来给他加点餐，端上热茶热水。这会儿，随着拖拉机的轻微颠簸，不由得一阵阵倦意袭来，她单手把着车斗的栏杆，像小鸡啄米一样打起了盹儿。

李峰的拖拉机驶过村前那座简易的石桥，他要去的工地就在河边。车到时，柱子和其他的车已经拉了两趟，李峰心想，自己得抓紧，要不今天就落后了，边想边拉倒车手柄。"哗哗啦啦"，一车的白灰倒在地上，倒完白灰，李峰把车钥匙一拧熄了火。下车时，李峰猛然想起坐在车斗里的彩霞，不由惊呼一声："天哪！"

只见一堆白灰下面有两条腿在抽动着，李峰"啊"的一声便跪在地上使劲地扒拉着白灰，一边扒拉一边大声喊叫起来："来人啊！快来人！"

河边洗衣服的几个女人听到叫声，放下东西赶紧跑过来。柱子开着拖拉机听到喊声也急忙赶了过来，他一边扒着白灰，一边惊恐地问道：“咋了，李峰，这是咋回事？”

“都怪我，脑子糨糊了，我忘了彩霞坐在车斗里，她要赶集让我捎一段，走到这儿，我咋就给忘了？！”李峰嘶喊着彩霞的名字，顾不得手指头渗出了血，使劲地扒拉。

更多的人围了过来，柱子一抬头看见刘支书也赶了过来，哭喊着：“支书，快找个车，往城里医院送。”刘支书撒腿就去公路上拦车。

不一会儿车就来了，李峰抱起满身白灰的彩霞冲到车里，不停地叫着她的名字。此刻的彩霞早已昏迷，鼻子流着血，右眼睛也渗出鲜红的血。李峰小心翼翼地给她又吹又擦，自己脸上的泪水和汗交织在一起。随行的柱子安慰道：“别着急，上了公路，很快就到县医院了。”

“李峰——”一个熟悉又微弱的声音传入李峰的耳朵。

“我在，我在。”李峰激动地应了一声。

彩霞微微睁开被白灰蒙着的眼睛，她吃力地抬起手，想摸一下李峰的脸，她喃喃说道：“没事，李峰，我没事的，你别担心。你这是为了给咱们家挣钱，着急得忘了，我应该听你的话。”

“彩霞，对不起，我只想多拉几车白灰，把你忘了，我该死啊！”

“李峰——”彩霞感觉有一股腥甜的液体涌满口腔，怕喷到李峰脸上，她想使尽力气憋回去。

“别——”李峰赶紧用颤抖着的手接住那一汪鲜红的带着温度的血。旁边的柱子见状，焦急地催促着司机师傅加快速度。

“李峰，不怨你，是我不该让你捎我，花花——”彩霞的手滑落到李峰的肩头，再也没说话。

此刻，时间如停滞了一般，李峰看着怀中的彩霞，用尽全身的力气发出绝望的号叫。看着毫无反应的彩霞，他赶紧又在彩霞的耳边轻声呼唤着：“彩霞，彩霞你别吓我，彩霞——”当他忽然发现柱子已安排司机掉头回村时，李峰瞪着发红的眼睛向司机吼道：“不回家，去医院——”

柱子拍着李峰的肩膀说：“兄弟，回吧，要不彩霞的灵魂就留在这荒郊野岭上了！”

李峰低头抱紧了彩霞，用脸摩挲着她的脸，血染红了他的半张脸……

这场突如其来的噩梦就这样打碎了他与彩霞美好的婚姻生活。谁也不会想到，在命运的朗朗晴空里，会有一个突如其来的霹雳，把人直接打到比地狱更黑暗的地方去。

第 7 章

苹果园蓄水渠旁，蹲着一位面容憔悴的老人，他头发花白，眼皮红肿，嘴唇干裂。离他十米远的地方，种着五十多棵红星苹果树，那里安葬着他的宝贝女儿。

彩霞从小就懂事，和李峰结婚后夫妻俩恩恩爱爱，人人都羡慕郭家培养了一个善良贤惠的好女子，也都夸李峰是个好女婿，可这事怎么就摊在这两个孩子身上？郭家人不愿责怪李峰，可白发人送黑发人，着实让人心痛！李峰本想把彩霞安葬在他家山上的一块地上，但彩霞的父亲说女儿生前喜欢苹果园，非要把女儿葬在自家的苹果园中，这样，老父亲就能每天守护着她。

李峰的父母被他姐姐接走了，老人们也无法面对这样的情况。李峰的母亲难受得连地也下不了；事情发生后，李峰的父亲从未出过门，人也瘦了一大圈。

两个月后，刘支书来到李峰家。原先停在院子里的拖拉机已经卖了，李峰现在只要一听到拖拉机的突突声就想号叫，恨不得将自己千刀万剐。

院里柿子树上的柿子熟透了，落了一地，个个摔得稀烂，瘫在地上。窝里的小黄狗有气无力地趴在地上，懒懒地看一眼来客，便闭上了眼睛。

屋里的李峰蹲在墙边，深陷的眼窝里透着绝望，两侧颧骨由于消瘦也凸显起来，三分像人七分像鬼，浓密的头发里夹杂着几根白发。

看着刘支书进门，李峰用嘶哑的声音低沉地说道：“叔，你来了？

坐吧。”

“孩子，你咋瘦得变形了啊？”刘支书心疼地把李峰扶起摁坐在床边，“花花呢？”

“她姥姥看着呢。”李峰机械地说。

“你去看了没？”

李峰泣不成声：“叔，我不敢看她，她问我要妈妈呢！”

“孩子，你还年轻，孩子还得你养。彩霞走了，你要是也不活了，那花花可怎么办？”

“害死自己老婆的人，我应该枪毙啊！叔，活着比死还难受，我现在一闭上眼睛就能看到彩霞！”

“孩子，你俩从恋爱到结婚一直恩恩爱爱，彩霞不怪你，家里人也不怪你，你得为孩子活。去，先把脸洗了，把胡子刮刮，别让你这模样吓住花花。”随后，刘支书朝着门外喊：“柱子，你们几个进来吧。”话音刚落，柱子、六女、翠香等几个人拥门而入，打扫的打扫，擦洗的擦洗，院里的小黄狗看着来了这么多人，也起身吠叫着。

天气渐渐变凉，树上的叶子已快落完，李峰又一次来到苹果园。苹果树开花的季节彩霞不寂寞，苹果树结果子的时候彩霞也不寂寞，但现在，果园走过了花开蝶舞的春天、枝繁叶茂的夏天、果实累累的秋天，告别了往日的繁荣与热闹，只剩下一派萧条的景象。树枝光秃秃的，在朔风的吹动下摇摇晃晃，几片干枯的落叶被风卷起来抛在空中，不情愿地舞动着。

李峰披着黑色的棉衣，就地而坐，在这个时候，他担心彩霞会寂寞，想陪她说说话，讲讲花花的可爱。他抓起一把黄土，放上，接着再抓一把放上……

就这样，一年过去了，李峰依然没有走出阴影，人也越发消沉，好在女儿花花由姥姥照管着。村里的人都为他感到惋惜，这么善良能干的小伙子生生被这场意外打击得抬不起头。李峰常常站在夕阳下的河边，深吸一口气，仿佛可以闻到彩霞的味道。有时还总是端着个玻璃瓶子，开水中的茉莉花缓缓地张开，茉莉花茶的清香总能让他有片刻的心旷神怡，这香气是彩霞留给自己的一份念想。

因为花花年龄还小，妈妈的事大人都对她隐瞒着。李峰给她送衣服送吃的东西时，就告诉花花说是妈妈给她捎回来的。

“妈妈什么时候回来？”花花睁着明亮的大眼睛问。

“快了，等你长大上学的时候妈妈就回来啦。花花好好吃饭，长得高高的，妈妈看见就高兴啦！”姥姥忍着悲痛哄她。

李峰觉得只有这样才能让花花幸福快乐，但有些事瞒得了一时，瞒不了一世，花花总有长大的时候，那时她再问起妈妈，又该怎么回答呢？李峰也偷偷观察着女儿的模样，发觉孩子眉宇之间和彩霞越发相像。看来，自己需要振作起来了，花花没了妈妈，不能再有一个永远颓废的爸爸。只是在他的心里总也放不下彩霞，放不下那个可怕的瞬间。这一年来，他喝醉过无数次，一直想与彩霞在梦中相会，却一次也不曾有过。

这晚，他又喝醉了，踉踉跄跄地走到了河边。此刻，河边芦苇依旧，岸边的七彩雏菊在夏夜的风中呢喃。李峰靠着树干顺势躺下，也不知过了多久，一股清香随风袭来，一个女子轻轻走到他跟前，这女子典型的瓜子脸，长长的睫毛一闪一闪的，水汪汪的眼睛，她含笑说道：“李峰，我回来了，你看我穿这身衣服好看吗？”

李峰上下打量一番：“彩霞，你回来了？你这件红色上衣是我去城里给你买的，村里的婆姨都羡慕呢。”李峰一把抱住彩霞，哽咽道，“彩霞，你去哪里了？我想你！花花每天都问我要妈妈……你回来就不走了吧？”李峰贪婪地吻着她的脸，吻着她的唇。

“不，李峰，我来看看你就走。你要好好活着，为我，为花花，也为你自己。你瘦了，要记得吃早饭，酒要少喝，早晚要加衣服。”

“不行，彩霞，你不能走，你知道这一年我是怎么熬过来的吗？你在什么地方？我去找你。”

“不，李峰，我走了，你要好好地活着，我走了……记得给花花找个妈妈。”

“不行，彩霞，彩霞，你别走！”

“李峰，醒醒，”柱子使劲地推着李峰，“你看都几点了，我去你家找你你不在，就猜你是到河边来了。”

李峰看看周围，不好意思地抹了一把眼泪：“刚才我梦见彩霞了。”李峰清醒过来，才想起自己在河边睡着了。

那晚梦中的对话让李峰醍醐灌顶，是啊，为了花花，为了彩霞，为了自己，他不能继续这样下去了。人生几十年，失去的再等也回不来，只有活得更好才是对逝者的安慰。李峰默默地劝自己，放下是新的开始，启程的路就在脚下，要像少平和少安那样不向命运妥协，去迎接每一天的太阳。

第 8 章

“花儿香，鸟儿鸣，春光惹人醉，欢歌笑语绕着彩云飞。啊，亲爱的朋友们，美妙的春光属于谁？属于我，属于你，属于我们八十年代的新一辈。”这欢快流畅的旋律仿佛还在人们耳边回响，而崭新的九十年代都已经过去好几年了。

一九九三年前后，河西村的年轻人怀揣着梦想和激情南下，有的去广州，有的去深圳，李峰也曾多次想走出去，离开这个令他伤心又难忘的地方。

一天傍晚，李峰与柱子商量：“要不咱俩开个汽车修配厂吧，现在日子好了，以后啊，家家都要买车，咱们开个汽车修配厂，应该可以。”

柱子从小就喜欢倒腾各种机械，闻言眼睛一亮，大声叫好。接着，他们又商定了一些具体事宜，越说越觉得这事可行，两人都心潮澎湃，准备好好干上一场。

第二天一早，李峰和柱子就骑车去了县城，他们在城里转了几天，连看地方带打探行情，最后看好了一个理想地点。这地方在县城南边，是一个旧工厂，场地宽敞，停车方便，建汽车修配厂再合适不过了。厂子东边有一排办公室，西边是一片杨树林，车间是一个坐南朝北的宽敞大开间，正中间的照壁上有毛泽东主席的题词——为人民服务，五个大字特别醒目。李峰和柱子两人站在车间中央对着上空喊道“我们来了”，回声嘹亮，像是在回应他们的创业激情。

为了能把租金压得更低一些，两人决定租上十年。就这样，他们算是把营盘扎下了，走出了自主创业的第一步。交了租金，又简单地修整了一下，他们好不容易筹集来的创业资金就用了一大半。他们决定要干就放开手脚好好地干一场，借鸡生蛋，贷款赚钱。好在现在县里出了文件鼓励个人创办小企业，李峰以复员军人的身份得到了政府扶持，贷款很快就批下来了。现在，摆在李峰和柱子面前的问题，是如何让这只“金鸡”顺顺当当地下出蛋来。

眼前的问题千头万绪，他们的“东风修配厂”想要正式营业，光是手续就得办一大堆，工商局办执照，税务局办理税务登记证，还有交管局的汽车修理许可证……少了哪一项都不成。这倒也罢了，更大的问题还是人的问题，一个好师傅就是修配厂的顶梁柱、聚宝盆，李峰和柱子可以当老板兼小工，只是这修车的师傅却不是谁都可以胜任的。他们俩明里暗里打听了，最后还是一中的老同学给他们推荐了一位张师傅。

张师傅是本地人，原来在邻县的汽修厂上班，后来看到那些出来单干的工友挣了钱，就和家里人商量利用自己家一间临街的房子开起了修理铺。张师傅手艺高，为人也实诚，可一直生意冷落，修理铺也是勉强维持而已。其实，独自撑起一摊子生意和在工厂里上班是两码事，自己经营手艺好是一方面，但最主要的方面还是在经营上，这就是张师傅的短板了。

李峰和柱子就想雇个成手师傅，这位张师傅的条件很合适，可是要说服他放弃自己的修理铺过来，还真是挺有难度。李峰和柱子先请张师傅过来看了他们已经修整好的厂房，说了他们的创业计划，看得出张师傅有点动心，可还是存有疑虑，问他有什么要求他又不说，只说回去考虑考虑。第二次上门，张师傅还是没有吐口答应。柱子有些气馁，说不行就再找找别的人吧。李峰却说：“当年刘备请诸葛亮还三顾茅庐呢，我们再努力争取一下。”

他站在张师傅的立场上，把各种情况都考虑周全后才第三次登门。这次见了张师傅，李峰推心置腹地说道：“张师傅，我们既然要请你一起做，就不能不从你的立场考虑。俗话说‘宁为鸡头，不做凤尾’，你自己从厂里出来单干，犯不上转了一圈儿再换个地方打工。这样，你要有意过来，咱们算是一起创业，我们拿百分之十的干股给你，每年的利润也按这个算。张师傅，你可能看我们年轻，对我们不放心，这也是人之常情，你还要养家糊口，没有保障不行。你放心，你的工资和生意的赔赚是两码事，该付的钱我们一分不会少。如果市场不好或者经营不当，不会让你也跟着受连累的。我们俩投入全部家当加贷款选了这一行，也是有信心干出个名堂来的，我就不信咱们拧成一股绳，还有什么干不好的！”李峰把张师傅的疑惑都解决了，张师傅看这两个后生有想法、有头脑，又仁义，再加上他们这么诚心地几次三番来请自己，想一想终于答应一起干。

张师傅这个帮手真没请错，先说修配厂工具的置备，就不是李峰和柱子两个外行能支应得开的。张师傅还说，在他原来上班的大汽修厂，修理师傅们是各有擅长的，比如汽车的油路、电路、油漆钣金等，这里面的绝活都有很多。李峰暗想，这些都急不得，现在先把基本的架子搭起来，一边维护好生意，有余力了再招兵买马。他们两个跟着张师傅，一边学，一边接活，生意还不错，每天下来总也有百八十的收入，这令柱子和李峰自豪不已。随着业务量的扩大，好多单位和个人都来这里修车，一是张师傅的技术高，二是李峰他们的厂子交通便利、设施齐全，价格也公道，渐渐地县里人都知道了这个东风修配厂。

一天，一个男子的小车底盘有异响，开进修配厂大叫：“师傅！车下面一直在响，去了几家修理厂都没有修好，你给看看。”张师傅让他把车停在地沟上，自己跳下去检查修理。不一会儿，张师傅让那男子开车在厂子里转转看看还响不响，那男子开车转了几分钟后高兴地说道：“师傅，没有响声了，你的技术就是好，你们老板在哪儿？我得给你送一面锦旗。”

“不用，我就是干这行的。”

“你不知道，领导让我开这车是对我的信任，结果连半年都不到，车就有些异响，找了几家都没修好，再修不好，领导就不让我开车啦！”那男子激动地双掌相击，“张师傅，今天我说啥也得见一下你们老板。”

“好吧，你去后院找他吧。”

这天李峰和柱子都在，他们正商量厂子招人的事情。随着几声“咚咚”的敲门声，一位精干的年轻人走了进来。李峰只当是有顾客到来，他站起身来，习惯性地准备和来人握手，此刻他们两个都愣住了。“李峰？”“李建辉！”两人同时脱口而出，他们激动地相互拥抱，大力拍打着对方的肩背。

“你们这是？”柱子疑惑地看着这两个抱在一起的人。

“柱子，这是李建辉，我部队的战友。”李峰赶紧给他介绍。

“战友啊，怪不得这么亲热。”柱子拉李建辉坐下，给他倒了一杯热水。

李建辉这些年的经历并不复杂，当年李峰退伍后，他转了士官，在部队考取了驾照。应该可以说，李建辉通过当兵改变命运的愿望基本实现了，转业后，他堂叔又在他的安置问题上帮了忙，现在他在县里的煤运公司工作。李建辉有当兵的底子，人又勤快能干，公司的一把手把他要去了给自己开小车。可刚开半年，车就出了问题，一直查不出原因，今天好不容易修好了，要不，他还真不好跟领导交代。张师傅不仅给了他事业上的转机，也给了他与老战友相见的机缘。

“我说，建辉，锦旗你就免了，择日不如撞日，今天晚上我请你们喝酒。你俩聊着，我出去订个饭店，一会儿你俩过来就行，把张师傅也叫上。”柱子看李峰和李建辉聊得正热，就出去张罗饭菜去了。

当初在部队，李峰与李建辉结下兄弟之缘，共同走完了三年的军旅路程，也因此结下了深厚的友谊。

一直到大伙都来到了饭店，他们还没有谈够部队上的事情。

“你忘了，当兵第一年，射击考核中，你就取得‘四发四中’的成绩，被评为‘神炮手’，获嘉奖一次。”李建辉现在说起来还赞叹不已。

“还说我，新兵集训时，我不适应各种条条框框，不服从管理，连个被子都叠不好，是你每天不厌其烦地教我。三个月后，通过各方面的锻炼，我变得更加成熟了，处事也更加稳重了，从那以后，战友们对我刮目相看。”李峰感慨地说道，“这都是老哥你的功劳啊。来，感谢你在部队对我的指导和关照，我敬你一杯！”

柱子也端起酒杯说：“哟，就显得你们俩是战友了，欺负我和张师傅没当过兵怎么的？”

“那当然，当兵好啊，没听人说嘛，‘当兵后悔三年，不当兵后悔一辈子’，你家人当年真应该把你也送到部队锻炼三年。”大家嬉闹着，聊着一些轻松的话题，都没有提及家庭和感情问题。真正的伤痛只能靠时间慢慢消解，还是不要搅动那已经沉淀于心底的往事吧。

转过年来，李峰和柱子的修配厂也走上了正轨，但他们自己的生活却是一团糟。忙起来的时候就住在后面的办公室里，好多天都顾不上回家里看看老人和孩子，吃饭更是饥一顿饱一顿的。前两天六女过来看他们，给他们添置了一些做饭的家伙，忙活了半天，给他们做了一顿胡萝卜羊肉馅儿的饺子吃。看着柱子和李峰狼吞虎咽的样子，六女又心疼又好笑，她忽然想起件事，对他俩说道：“听说你们还要招两个修车师傅和几个小学徒，到时候这里人一多事更杂乱，也该有个人来给你们搞搞后勤了。我家里是离不开，不如让小玉来吧？”

小玉的事情，说来话长，提起她，柱子一家人就犯愁。

柱子的妹妹小玉上面有俩哥哥宠着，没吃过太多的苦。柱子的爹娘知道柱子为家里的事耽误了学习，常常对他有些歉意，但柱子总是满不在乎地拍着胸脯说：“男子汉就得为父母担事，把我妹妹培养好就行啦。”

春去秋来，年复一年，柱子的妹妹小玉出落成水灵灵的女子。她的皮肤白白的，再毒的日头也晒不黑。俗话说“一白遮百丑”，何况小玉弯眉大眼，长睫毛扑闪扑闪地透着灵气。她干活手脚麻利，嘴上也不饶人，村里人都说这一家子的仁义都让柱子占了，一家子的灵气都让小玉占了。

从小玉会走路起，她就成了柱子的小尾巴。柱子别的事都粗粗拉拉的，却很知道疼妹妹让着妹妹。

有一年，小玉也就十一二岁，五月麦黄，人们把地里的麦子收到了场院里，柱子带着小玉伙同村里的几个半大孩子去拾麦穗。这时候，土地早就分到各家各户了，虽说自家的粮食收得仔细，但在这“一麦抵三秋”的时节里，人们忙得头上冒火星，田里落下点带穗儿的麦秆也是免不了的。学校里很多老师家里都有地，农忙时节就要停课收庄稼去。乡村的中小学，大都有“麦假”和“秋假”，这两个十来天的小假期都是跟着农时走的。大人忙，孩子也闲不住，学生们放学回家，大的小的都要派上用场。拾麦子，是孩子们最喜欢的劳动。他们拾的麦子一般不归家里的大仓，攒多了晒透了，就在家中院子里把麦粒打出来，可以到集上换烧饼吃，也可以从走街串巷的货郎那里换点自己喜欢的小玩意儿。

麦田里，已经收了庄稼的土地犹如被剥去了那层喜人的衣裳，放眼四望，有一种说不出的苍凉。幸好还有这拾麦的孩子们穿插其间，他们挎着或圆或扁的柳条篮子奔走田间拾麦穗，为这片田地增添了人气。

小玉一抬眼，发现前面有半扑子被收麦人遗落的麦子，上面金黄的麦穗儿芒张壳满。她欢呼一声跑过去，将篮子放在地上，把住麦扑子就要往里装。这时旁边有一只黑黑的小手伸过来，那是同村的二虎子，这堆麦子他也看到了，弯下腰正要伸手，却被眼疾手快的小玉抢先了。

二虎子无比懊恼，脸一下子就涨红了，他拽住小玉的篮子说：“我也看到了，咱们一家一半。”

小玉头也不抬，一面把麦子连穗带秆儿装到自己篮子里，一面说道：“拾麦拾麦，谁拾到就是谁的。这块地主人家收过了，剩下的漏儿天不管地不管，谁有本事谁拾去。”

二虎子一急就结巴了：“我刚——刚刚要伸手，你就拿走了，分分——开，我的——”

小玉嘲笑道：“你的？你叫它它答应了就算你的。”

“你——”二虎子说不过小玉，伸手就扯她的胳膊，两个孩子抓挠在一起。

小玉的嘴厉害，打架却打不过高她半个头的二虎子，胳膊被二虎子掐青了，腿上也挨了他两脚。小玉坐地大哭，边哭边骂：“你个不要脸的二虎子，你爹偷人家鸡，你娘偷人家的花生籽儿，今天你又抢我的麦子。”都是一个村里的孩子，谁家有哪些长长短短都知道，只是一般的小孩儿都不留意这些，小玉人小鬼大，从大人那儿听到什么闲话都记下，揭人疮疤根本不在话下。二虎子气得眼睛都红了，握紧拳头迎面就打，小玉尖叫着侧头趴在地上躲开了。

柱子闻声跑来，看到这情景，一脚就把二虎子踢倒在地，看着妹妹委屈的样子，柱子又一把抓住二虎子的领口把他从地上拎起来，又狠狠地摔在地上，“刺啦”一声，二虎子的衣服裂开了个大敞口。兄妹俩小胜，柱子拉起妹妹抱着拾的麦子回了家。

晚上，柱子一家人在院子里围着个小方桌吃饭，刚搁下饭碗，二虎子就被他娘带着告状来了。

他娘一把手拉住柱子的娘，说道：“不是我说，嫂子你看看，二虎子被你家柱子打成啥样儿了！虽说小孩子磕磕碰碰不算啥，可一件新新的小褂儿刚上身两三个月，新褂子就变成了破褂子。”

柱子他爹不好和婆姨争辩，坐在一旁吸烟。他娘赶紧小心赔不是，好话说尽，又给了些刚摘的蔬菜请二虎子家尝鲜，二虎子他娘这才气哼哼地领着蔫头耷脑的二虎子走了。

柱子他爹抄起个破鞋底，对柱子劈头盖脸一顿打。柱子这年十三岁了，和腿脚不好的爹爹已差不多高，但挨打时一向不跑也不躲，就这么硬生生地挨了几下。他爹见他那犟头犟脑的样子，叹了口气，穿上鞋回屋了。他娘点着他的额头说：“你个犟种！说，为啥和二虎子打架？他娘是出名的不好惹，你惹他们家干啥？”

柱子并没辩解什么，这小孩打架今天打了明天就好了，哪有那么多为啥不为啥的。

这一晚上的事小玉都在旁边看着，有心帮哥哥分辩几句，又怕爹娘转而教训自己，大眼睛都快忽闪出泪花来了，却什么也没有说。她向来都是爹娘的心尖尖，别人家都看重男孩，他们家却偏疼女儿。在爹娘眼里，小玉又乖又懂事，从来不让大人操心。

小玉长到二十出头，在爹娘的疼爱下惯出个自私任性的脾性。小玉在省里上了个会计学校，每到周末就伙同村里的小姐妹，一起搭辆车去城里逛逛，或在大剧院看一场演出，或到商场里买件时兴的衣裳。就这样，小玉深刻地感受到城里女人和农村女人的不同，大家都是水灵灵的小女娃时倒也罢了，可城里的女人到中年照样收拾得头是头脚是脚，农村的女人刚过三十岁就一副面色黑黄、衣衫邋遢的糙婆姨模样。小玉心想自己绝不能这样，即使要嫁人，她也要嫁一个能让自己过上好日子的人。

小玉在放假期间认识了一个叫刘明洋的后生。刘明洋比小玉大三岁，家里从八十年代初期就开始做买卖，现在镇上最火的录像厅和最大的服装商行都是他们家开的。

一天，小玉跟几个小姐妹来镇上买衣服，小玉挑衣服的时候，大家在一旁叽叽喳喳给她做参谋，都说那件水红色的衫子最好看。小玉其实在一旁看上一件鹅黄色的毛衣，正要拿来试试，旁边一个人凑过来说："你穿这件一定好看。"

小玉回头一看，是个长得还挺顺眼的后生，穿戴也洋气，看样子就不是土里刨食的粗糙汉子。她心里一喜，也就不嫌他多嘴，看他一眼说："这件多少钱？"

这后生正是刘明洋，本来他们家的生意由父母各管一摊儿，现在他和弟弟也顶上来学着经管，弟弟在录像厅那边帮父亲，明洋就在这边帮母亲。他看这几个女子挺惹眼，小玉长得尤其俊俏，就过来闲磨牙。一来二去，小玉就和明洋处上了对象。明洋的母亲知道了，就找人打听小玉的情况。这也是这一带的习俗，青年男女相亲，双方大都会暗中查问一下对方家里的情况和这后生女子的脾气秉性。这一打听才知道小玉还在省会计学校上学呢，还听说小玉家里人都不错，只是小玉这女子不是一盏省油的灯。明洋的母亲心里当时就有些堵得慌，自己又暗中观察了小玉，越发觉得她举止轻狂不安稳，当不了自己家的大儿媳妇。于是就命令明洋趁早和小玉断了联系，以后另寻可心的好女子。明洋哪管这些，只要双休日，借着进货的由头就去省里的学校看她，一来二去，两人越走越近，小玉在明洋的带领下，开始旷课、出入各种餐馆。

转眼半年过去了，小玉的课程落了一大截，但她并不关心这些，依然每天翘首企盼明洋来学校接她吃饭、逛商场。可刘明洋有一阵子没来找过她了，小玉一打听才知道人家早已定下了某镇一个领导家的女孩，据说那女孩在银行工作，人又体面。听说明洋定下了别的女子，小玉在家里傻眼了，但好在她是个有心眼儿的，始终保护着女孩子的纯洁。

柱子知道了，又心疼妹妹又恨这个戏弄妹妹的男人，直想把他打得缺胳膊断腿出出气。六女只好劝他说："早断更好，嫁给这样的男人没准儿以后还得离婚。小玉只是耽误了学业，其他无碍就行。"

小玉在家里待了一年，如今她的婚嫁成了一桩难事。她跟明洋的事是瞒不住的，各方面条件都好的后生嫌弃她的虚荣和过往，有老实巴交但日子过得窘迫的愿意娶她，小玉又不甘心就此嫁了。如今她已经二十多岁，再拖下去在农村就是老姑娘了。小玉自己心里也着急，一急又觉得人人都嫌她，脾气上来时，对爹娘兄嫂也没好声气。家里人怕她想不开，也轻易不说她，只在背后暗暗发愁。这次六女提出让小玉到修配厂来帮忙，一是让她散散心，二是看能不能寻出个相当的人来。

六女回家对小玉一说，小玉当时就兴奋地答应了，对啊，以前怎么没有想到呢？修配厂是李峰和柱子当家，自家哥哥当然没话说，就连李峰，也是小玉从小就熟悉的。

在每个女孩的成长过程中，十四五岁情窦初开又懵懵懂懂的时候，很容易喜欢上同学的哥哥或者是自己哥哥身边的伙伴。小玉对李峰曾经也有那种自然而然的好感，只是后来李峰一直在外面上学、当兵，这些年两人见面的机会并不多。去县城的路上小玉还在想，现在的李峰哥不知道有没有什么新的变化。

修配厂里，小玉的住处已经安排好了，是原来工厂的一间办公室，她的工作内容还没有完全定下来，现在就是给大伙做做饭，干点女孩子能干的杂活。小玉见到李峰的时候，觉得他和在村里的时候不一样了，具体哪里不一样她也说不上来。现在修配厂稳步发展，李峰每天忙里忙外的，眉宇间那股沉稳自信的气质让他显得与众不同。小玉望着他的目光还如小时候一般，亲昵中带着倾慕。

小玉虽然脾气不好，但干起活来手脚麻利。现在李峰和柱子以厂为家常驻这里，忙的时候张师傅和其他工人也在厂里吃午饭，小玉买菜、做饭、洗涮、收拾一把抓，光是主食，她就包子、烙饼、油泼面每天换着花样做。李峰这段日子吃得省心又可口，他和柱子住的另两间办公室，每天也被小玉打扫得干干净净，李峰表扬她说："小玉就是能干，你没来时我和你哥过的就是有上顿没下顿的土匪日子，你一来，连张师傅中午都不愿意回家吃饭了，不知给厂里多干了多少活。"

小玉这两年被人指指点点过得很憋屈，现在看这里正好有用得着自己的地方，心里也很高兴，她有点不好意思地说道："这算个甚呢，你和我哥忙大事，我也就能做个饭，你们喜欢吃才好呢。"都是一个村里出来的，李峰也听说过小玉和明洋的事，他和柱子情同兄弟，欺负小玉就等于欺负自己的妹妹，现在看到小玉开心的笑容他也感到挺欣慰的。他又和小玉拉了几句家常，问她住得习不习惯，这才回头忙自己的事去了。

这日子一长，小玉心里就藏了个小心思——如果能嫁给李峰，也是很不错的。李峰现在也算事业有成，为人又沉稳大方，李家在河西村也是数得上的好人家。如果嫁给李峰，在这生意红火的修配厂她就是现成的老板娘，以后连嫂子都要高看自己一眼。再者，以前自己多少觉得有点配不上他，现在他是二婚，家里还有个花花，总不会遭他嫌弃了吧？小玉越想越觉得这是一桩天造地设的好姻缘，恨不得现在就找到李峰要他一句承诺。虽然李峰目前对她应该没有这层意思，但他身边也没有别的女人啊。她打定主意，男追女隔层山，女追男隔层纱，只要自己上心，他迟早是自己的。

但是小玉料想不到的是，李峰到省城出差办事，回来的时候，遇到了他曾经心心念念的女子曹兰芝。

第9章

兰芝这几年的境遇，说起来也是一言难尽。

当年她刚到省城时，大姨一家人很热情，专门腾出了一个房间给她和妈妈住，在这里，兰芝过了平生最热闹的一个春节。农历腊月二十九，住在郊区的舅舅一家人也来了，年龄相仿的表兄弟表姐妹一大堆，大家一起逛庙会放烟花，团团圆圆吃了年夜饭。兰芝毕竟还有些小孩子心性，被这种过大年的气氛感染着，心情也开朗了许多。

过了正月初五，王大夫又安排好了饭店请客。兰芝家这边母子三人，还有大姨、姨夫都去了；王大夫这边则是他们父女二人。在这次家庭聚会中，兰芝一直有些忐忑，而弟弟只管吃，兰芝小心翼翼给弟弟夹菜时看出了王大夫的女儿爱华对他们姐弟俩的不屑一顾。从饭店回到家后，大姨就把兰芝的妈妈叫到房里说悄悄话。

春节的假期还没结束，兰芝在屋子里看书，听到大姨和妈妈在院子里说话，“玉珍，我看二月里你俩就把事办了吧。”

“姐，我还得考虑一下。”

“考虑啥，王大夫人善良，房子也是现成的。”

“姐，你的好意我能理解，王大夫对我也不错，只是孩子们能不能处到一块，让我担心。”

“老伴老伴，你俩合得来就行，孩子们上学、工作早晚会离开你们。”

“不行，兰芝是个内向的女孩，我不能因为自己让她受委屈。”

“玉珍，我是孩子的亲大姨，我还能让我的亲外甥、外甥女受气吗？要不你让俩孩子跟着我。”

“姐，那哪能行？再苦我也得把他们养大。姐，你回了王大夫，让他另选别人吧，我不合适。”

“你考虑好了？”

“嗯！”

“你姐夫给你在纸袋厂找了个活，白班，工资按件核算，你去试试吧，明天就可以上班。另外，等假期结束，让兰芝去四中上学吧，已经联系好了。”

“好的。谢谢你和姐夫啦！”

“咱们是亲姊妹，你这样说可就见外了。早点睡吧。”

听到妈妈掀门帘的声音，兰芝把书一放，假装睡着，可眼泪却不争气地流下来。

那天聚餐回来，王大夫的女儿爱华蒙头先睡了个午觉，起来后好像忽然想起了什么，走到爸爸的写字台前说道：“我这个后母，听口音也是咱们这边的人，怎么她们母女俩的行为举止倒像是江南女子似的？”其实父亲续弦，那也是情理之中的事，他一个中年男人，工作又忙，家里不能没个人照应。但吃完饭回来后，也说不上为什么，爱华心里就是疙疙瘩瘩的不舒服。她早听说继母有个女儿，对那种怯生生的小地方来的女孩，她本来是不在意的，可那天看这曹兰芝也是个有个性的。尤其看父亲在饭桌上对她百般呵护的样子，她就气不打一处来。

“华，你是个有工作的姐姐。咱们以后就是一家人了，要互相照顾。”

“爸，我看那个叫兰芝的不一般，你考虑好，我担心你受气。”

王大夫和刘玉珍的事就这样不了了之了。

这省城再普通的高中也比兰芝原来读的县一中教学质量好，本是往高处走的，可她的学习成绩却下降了。在一省之内，各地的口音也是有些差异的。兰芝讲话本就带点乡音，在县城时大家都这样，也从不觉得哪里有问题。而现在的这个学校里，除了一些年龄偏大的老教师和一些校工们，其余人说的都是普通话，虽然这普通话也算不上太标准，但跟兰芝的口音已有很大不同。还有就是兰芝的英语，本来她的英语成绩在县一中时还是不错的，但阅读、听力、口语表达都跟这边的学生没法比。有一次，老师随意点了几个同学读前一天教的英语课文，点到兰芝时，她硬着头皮站起来读了，可她生硬的发音招来一片笑声，几个本来就嫉妒她容貌的女生笑得尤其响亮。慢慢地，本来就沉默寡言的兰芝变得更加内向，甚至一提到"英语"就充满了恐惧。

在家里，兰芝的心情也无法放松下来，她们现在住的是大姨的一间房子，为了方便兰芝看书给隔成了里外间。盛夏的中午时分，院子里十分安静，兰芝没有午睡的习惯，她轻手轻脚地打开自己的一个小箱子，从里面取出那张未送出的贺年卡，许多往事涌上心头……

下午妈妈回来了，她买了两斤甜软的点心，让兰芝给大姨送去一斤。大姨十分高兴，夸她懂事，是妈妈的小棉袄，"兰芝，好好学习吧，你妈为了你们……唉，你们以后就懂啦。"

"大姨，我一定好好学习，报答妈妈，也要报答你和姨夫，感谢你们对我们的帮助。"

"傻孩子，你们也是我的亲人，有我一口吃的就有你们的。去吧，让你妈多喝水，刚去一个新单位，得适应一段时间。"

"好的，大姨。"

有一天，兰芝放学回家后，一眼就发现自己桌上的小箱子里少了东西，兰芝凶巴巴地问弟弟："你是不是动我的东西了？"

弟弟说："我见盒子里有一张去年的贺年卡，以为没有用了，我就拿到学校当书签了。"

兰芝的眼泪夺眶而出，那晚她没有吃晚饭，而且好几天没有搭理弟弟，尽管弟弟第二天就把那贺年卡还给了她。

高考前的一天，妈妈看到兰芝只低头扒饭也不夹菜，关心地说道："马上就要高考了，你要补充营养啊，体力跟不上怎能考得好呢？"提起高考，刘玉珍有些愁容，她看过兰芝最近的会考成绩，"唉，今年先尽力考吧，实在不行，就复读一年。"

大姨刚要说点什么，兰芝先开口道："能上大学是好事，但是我也应该体谅妈妈。我们原来院里的晓华，高中毕业后上了中专，不到十九岁，就上班挣工资了。"

在那个时代，大学生极少，中专师范什么的也都很金贵，中专毕业也可以享受知识分子的补贴。但现在是即将进入转型阶段的九十年代，企业普遍不景气，没有一个好学历就业前景就不会太乐观。

兰芝没有考上大学，拿到高中毕业证之后，她就彻底离开了学校。她没有对妈妈提过复读的打算，她知道妈妈的不易。但妈妈说她还小，希望她先安心在家里待着，看看先学点什么，工作慢慢再找。后来兰芝报了电大大专学会计，电大的课都排在晚上和周日，她平时就在家里帮妈妈干点活。之所以选会计这个专业，是因为她觉得这是一份不需要与别人合作完成的工作，没有什么人际纷争。

妈妈一边用钩针钩些小物件一边教兰芝，慢慢地，兰芝也学会了用钩针做些细致活。做的小物件多了还可以去门口摆摊卖了贴补家用。看着过往的人群，兰芝心里不由得有些失落，自己何尝不想上个理想的大学，然后当一名老师教书育人，然而，父亲离世，母亲下岗，举家投奔到大姨家……这一系列的变化也潜移默化地影响着自己。

兰芝拿到了电大大专的毕业证，也考取了会计从业资格，她总留心着报纸上的招聘广告，想找一份适合自己的工作。但现在她只有一个证书而已，一点相关的工作经验也没有，先不说用人单位挑剔，她自己心里也没有底气。何况她现在的年纪，在村里已经该是两个娃的妈妈了。

这天下班后，妈妈领着一位在单位新结识的曾阿姨回了家，这位曾阿姨有个堂妹叫曾毓红，是做服装生意的，在市中心的繁华地带有个装修豪华的店铺，专门经营高档女装。曾阿姨看到兰芝，就动了一个心思，极力劝说她到堂妹的店里当店员。她是看兰芝身材窈窕气质好，到了店里是现成的活广告，而且这孩子看起来也不是那种偷奸耍滑惹是非的主。兰芝有些犹豫，因为她一直想找一份和会计相关的工作。可现在曾阿姨和妈妈都主张她去服装店工作，说老板是自家人，不会亏待了她，而且来店里消费的顾客层次也高，不需要和三教九流的人打交道。兰芝在她们的极力劝说下去了服装店，没承想这活倒是很长远地干了下去。兰芝并不是那种会察言观色做推销的店员，但她的长处是细心周到、做事认真，时间长了，有些回头客倒是很愿意相信她的推荐。因此，曾毓红对兰芝也是较为满意的。

曾毓红的小儿子张博在北京的名牌大学读书，他自幼聪明好学成绩优异，考大学时顺顺当当进了自己理想的学校，一家人都对他寄予很高的期望。张博自从这个暑假在店里偶然看到兰芝后，好像忽然对家里的生意有了兴趣，三天两头地来转一圈，没有客人的时候，就凑到兰芝那里和她说话。几次三番后，曾毓红看出了名堂，她知道自己的儿子这是看上兰芝了。虽说曾毓红对兰芝的印象不错，但自己的儿子可是要出国深造的，绝不能就这样被耽搁。这事曾毓红肯定要管，但又不能做得太明显伤了往日的情分，她绞尽脑汁想到一个好主意——给兰芝介绍对象。

她找来的人是一个老街坊家的孩子，名叫张文韬。要说张文韬也是大好青年一个，他体健貌端，是一家事业单位的科员，在曾毓红心里，张文韬配兰芝是完全没有问题的，于是就找了个机会把这事跟兰芝说了。

兰芝完全明白曾毓红的意思，她知道曾毓红这个时候给自己介绍对象就是为了提醒自己，让她不要对张博有非分之想。为了让曾毓红放心，她没有拒绝这次相亲。

相亲的地点就在服装店附近的一个冷饮厅里，曾毓红作为介绍人也来了，对方陪同的人是张文韬的姑妈。张文韬比兰芝大三岁，虽然年纪轻轻，但也许是受工作环境的影响，说话慢条斯理。看得出，他对兰芝很中意，眼光总是偷偷瞟向她。他的姑妈穿一身藏蓝色的套裙，戴副眼镜，她假装随意地问了兰芝几个问题，就把兰芝的身世来历打听得明明白白。然后兰芝就和张文韬面对面坐着，听曾毓红和张文韬的姑妈你一言我一语，互相说着客气话。

晚上回家后，刘玉珍悄悄地问兰芝相亲的事，兰芝却不知从何说起。说实话，她自己心里都没个头绪，虽说自己已到了恋爱结婚的年龄，可不知为什么，她从来没有这方面的心理准备。那晚，兰芝做了个很奇怪的梦。在梦里，她好像置身于一个陌生的街道，后面有一群看不清面目的人在追她，兰芝害怕极了，好像这些人追上她就会把她带走，她急得不行，这时，李峰又一次骑着那辆自行车飞一样地冲过来，兰芝刚要说话，却从梦中惊醒。这样的梦兰芝一年会做好几次。她坐起身，心里怦怦直跳，在无边的黑暗中，她终于厘清了自己的思绪，她不要就这样结婚嫁人，不要！

第二天，兰芝一直想着怎么回绝曾毓红，既不能伤了她的面子，也不能让她以为自己是在惦记着她的儿子。还没等兰芝想好措辞，张家那边来信儿了，说张文韬配不上曹兰芝这么漂亮的女子，等他工作干出点名堂来再考虑恋爱结婚的事。

兰芝哑然失笑，看，自己还费劲巴拉地想办法推呢，结果人家根本就没那意思。但是，她不想答应是一回事，对方拒绝又是另外一回事，兰芝心里不禁有些疑惑，那张文韬看起来不像是没看上自己啊，可这又是怎么回事呢？既然如此，倒也省了自己多费口舌了。

第 10 章

兰芝想家了，她想念的不是如今暂时栖身的地方，而是那个她从小长大的小县城。在那里，她和妈妈、弟弟的日子虽然清苦，但是头上的蓝天，脚下的土地都是自己的。让她更为想念的，是一中的校园，校园里有熟悉的小道，有当时熟视无睹现在却可以清晰地回想起每一个细节的雕塑。这些都不说，只那两棵巨大的绒花树，就带给她多少美好的回忆。那两棵树不知长了多少年了，有三层楼那么高，枝叶纷披，开花时节，空气里有一种说不出的清甜气息。那些花儿，让人一想起来心里就有一种毛茸茸的柔软，一丝一丝粉色的花瓣簇成美丽的花朵，如羽，如伞，千朵万朵压枝低。那最美的梦境，也不过如此吧。更为想念的，是校园里和她一起学习玩耍、一起成长的同学，李峰、柱子、郭亚鑫、晓华，这些名字只在心里过一遍，也能让人一下子就安定起来。就连凯亮和他的那些伙伴们，现在想起来都有几分可爱。

她要回去，这个念头一起，仿佛心底里有一扇一直关闭着的门打开了，让她这个念头一时间变得无比强烈。

自己打定了主意，但她并没有和妈妈说。兰芝从小和妈妈相依为命，她了解妈妈的每一种欣喜和忧愁，现在妈妈生活安稳，如果自己离开，那将成为她美满生活中抹不去的阴影。在这个世界上，她的亲人只有妈妈和弟弟了，妈妈过得好，她才会安心。所以，兰芝一直在寻找一个合适的机会。

这个机会并没有让她等太久。一天，她在报纸上看到她原来生活的县城有一个大型商场即将开业的消息。这个商场是私营企业，是一个出生在当地的煤矿老板为了回报家乡而建的，现正在招聘工作人员，有当地户籍的人士优先。如果被录用，就是商场的正式员工了，有宿舍、工作餐，企业还会为员工缴纳各种保险。现在报纸上隆重推出这个消息，是为了宣传当地招商引资的政策，同时也是为商场的开业造势。

兰芝把这张报纸收好，晚上回家拿给妈妈看，并说了自己的打算。兰芝的妈妈何尝不知道女儿这几年的委屈，她也愿意看到孩子有一片新的天地，但是又不忍心让从来没离开过自己的女儿远走。兰芝劝妈妈道："妈，我都这么大了，你不能总不放心吧？你还记得我高中的同学郭亚鑫吧？我当时走得急，和同学们都断了联系，前几天偶然听到她的消息。那天，有咱们那儿的人到我们店里买衣服，我一听口音就听出来了，人家听说我是原来县一中的，就问我认不认识郭亚鑫。原来郭亚鑫是一中比较有出息的学生，她考上了北京的医学院，现在已经留在那里工作了，是一中的骄傲，很多家长都知道她。妈，你看人家郭亚鑫，多少年前就去了那么远的地方，现在我只是想到县里，坐车也就几个小时，你有啥不放心的？"接着，兰芝又给妈妈讲了那家商场如何正规，机会如何难得。妈妈被兰芝说动了，答应让她去应聘试试。

"记着胡大爷家的电话，去了那里有什么事，给我打过来。"

"嗯，知道了。妈，你以后下班就休息，少织毛衣。"

兰芝背着一个简单的小背包，提着一个编织袋，里面装着被褥、衣服和常用的东西。上了站台，她挥手让妈妈赶紧回家，怕妈妈看见自己的眼泪，她头也不回地进了火车。

已是秋风乍起的时节，从车窗向外望去，片片黄叶落地，又被风吹得不停地翻滚着。这本是一种苍凉萧索的景象，兰芝的心里却有一种万物萌生的喜悦。她知道，自己回来得对。她在心里盘算着，哪怕这次应聘失利，以后也要留在那里找份别的工作，那是她从小到大都喜欢的地方。弟弟小亮明年高考，如能顺利考上大学，自己还可以供他读书，这样，自己也算替母亲分担了。想到这里，兰芝不由得偷笑。

兰芝顺利地应聘上了这家商场的收银员。宿舍她也看过了，和以前妈妈厂子里的倒班宿舍差不多，是六人间，里面有三张上下铺的铁架子床和两个挺大的衣柜，虽然有些拥挤，但也相当不错了。兰芝没有集体生活的经验，她暗暗提醒自己要快速适应这里的生活。

接下来就是再回妈妈那儿收拾一些行李，按照预定日期上岗培训，等商场开业时就可以正式开工了。

收拾自己的行李时，兰芝把那年夏天被河水打湿的衣服拿出来，闻了一下，闻到上面似乎有李峰的汗味，那是一种男子汉的阳刚气息。在这个不大的房间里，除了随身的衣裳和一些女孩子的小零碎，还有一个小箱子是属于兰芝的，里面有她的青春记忆，美好又难忘的心事都被她锁在里面。收拾小箱子的时候，兰芝看到了那张贺年卡，这么多年了，它依然没变。是的，它是没有生命的东西，所以它不会变，那么人呢？曾经那个人一直说要往远处走，也不知道现在走到了哪里，身边都有什么人。不过，兰芝就要回到那熟悉的地方了，那里有他们一起看过的风景，有共同认识的人，也许就像她在不经意间听到郭亚鑫的消息那样，在一个偶然的情况下，她也会知道他的现状。是的，只是知道，无须重逢，少年时代的恋情，从来都是花开无果也不需要结果的。

大姨特意过来和她说了一会儿话，顺手给了她二十元钱，叮嘱她有什么难处就告诉家里，干得不顺心了就回来。平心而论，这些年他们一家三口的吃穿零用都是大姨一家在关照着，这些兰芝心里都是知道的，也很感激大姨一家。她笑一笑说：“大姨，我长大了，是要出去锻炼锻炼的，你和妈妈不用太挂心。在商场上班虽然不跟着法定节假日走，但平时有串休的时候，我会经常回来看你们的。”大姨又讲了些和领导同事相处应当注意的事，这才离开。

李峰一直在留意汽车美容与装潢技术的发展，这次他去省城考察市场大有收获，心想着回去后正好可以在晚饭时和柱子好好交流交流。上了车以后，他就开始闭目养神。

午后两三点钟，李峰站起身来活动筋骨。他坐的是靠过道的座位，车厢里的人不是很多，只有十来个没座的旅客疏疏落落倚着椅背站着。他伸了几下腰，刚刚坐定，一个拿着白搪瓷杯的短发女子与他擦肩而过，身上飘着一股李峰喜欢的茉莉花茶的香味，奔车尾的方向去了。

李峰只觉得心跳加快，随后脑子才反应过来，难道刚才那个女子是兰芝？他想跟过去看看究竟是不是她，却无端地慌乱起来，那种又欢喜又害怕的感觉，就像小时候吹肥皂泡，当七彩流光的泡泡轻轻飘荡，手伸过去，似触非触之间，泡泡却"叭"的一声破裂。李峰保持同样的姿势端坐，直到那女子在两节车厢的交接处接了水，茉莉花茶的香味又一次飘过来时，这次李峰看清了，真的是兰芝，她的头发剪短了，发梢有一个微微的弧度，一件黑色的高领毛衣衬得她肤色透白如玉。李峰没有起身打招呼，直到她的背影慢慢消失的时候，他才站起来去寻找她。

这趟列车每隔一节车厢才有一个打开水的地方，兰芝应该就在前面的车厢。李峰目光巡睃，脸色微烫，不争气的心脏"咚咚"地敲打着心房，终于看到她的身影，他不再犹豫，走到她身边。

兰芝把水杯接满，放在靠窗的小桌上凉着，水汽袅袅升起飘出淡淡的茉莉清香，她侧头看着窗外，恍惚听到有人叫自己，兰芝转头望去，正迎上李峰凝望她的目光。

小说和电影里久别重逢的恋人总是会眼含热泪紧紧拥抱彼此，但是面对李峰时，兰芝只是默默地望着他，她想知道他所有的状况，可这突如其来的相遇却让她不知所措。

在嘈杂的说话声和火车不时传来的响亮的笛音里，李峰和兰芝简略地说了各自分别后的情形。李峰的厄运让兰芝心里泛起百般滋味，看着他更加成熟的面孔和坚毅的眼神，兰芝真想投入他的怀抱与他分担这多年的苦楚。眼泪快要流下来时，兰芝抹了回去，突然对着李峰笑了，所有的苦日子终于要翻篇了。无论他们有过怎样的经历，在这样的年纪相遇，她都不能再像少年时代那样，她决定这一次一定要勇敢一些，不要再受命运的安排。

男人的心意总比女子直接明了，李峰从见到兰芝起，就知道她依然是自己可以倾心相对的人。但是他不忍心拿过去的情分束缚今日的她，少年时代的青涩恋情，只宜封存静置，不必让其再染岁月的尘埃。

当火车到达县城的时候，李峰和兰芝之间的交流已经自然了很多，兰芝还笑言幸亏抓了李峰这个劳工，要不这一堆行李还真不知道该怎么办。李峰把兰芝送到宿舍安顿好，这时宿舍里已经住进两个比兰芝小些的女孩，她们是从本县村镇过来的，由于大家都是商场新招的员工，她们见了兰芝很热情，招呼她到食堂吃饭，说那里蒸的韭菜包子很好吃。

兰芝一边答应着，一边深情地对李峰说："你吃包子还是等我发工资了再请你吃大餐？"这话一出口，自己在恍然间怔了一下，她已经很久没有这么安心这么放松了。在省城大姨家，兰芝一向矜持文静讲礼节，从来没有对同龄的异性这样说过话。她活泼俏皮的一面，也许只有他一个人知道。

李峰让她们一起去吃饭，说自己这就回修配厂了，回去有现成的饭吃，以后再请兰芝到厂里参观。

串休的时候，李峰来接她去自己那里玩。柱子惊喜间又有些惊诧，暗自为李峰高兴。这一次，是小玉猝不及防地第一次见到兰芝，看到她，小玉立马知道自己早就勾画好的理想天堂要成为泡影了。兰芝容貌秀美，只凭这一点小玉还不太担心，她担忧的是李峰的态度。

一早起来，李峰就告诉小玉今天有客人来，让她好好添两个菜。中午大家一起吃饭时，小玉觉得李峰身上那件白底灰蓝细条纹的T恤格外刺目，这还是那个一忙活起来就直接穿着油污的工作服来吃饭的李峰吗？李峰对兰芝的殷勤劲儿让小玉生出一股妒意，她把气压在肚子里，笑意盈盈地招呼兰芝。

刚吃完饭撂下碗筷，车间里有个工人来招呼李峰和柱子，说是有事要他们去看看。李峰便让兰芝先等自己一会儿，回头陪她到一中附近转转。他们出去后，小玉手脚麻利地收拾擦洗，兰芝想帮忙，又插不上手。小玉一边干活一边陪兰芝闲聊：“你看我哥和李峰，一忙起来连顿饭都吃不安生，这还是我在，我没来的时候他们更是饥一顿饱一顿的。兰芝，既然你和他们是同学，那就不是外人，一个女子在外头打工不容易，有事你尽管开口，要是李峰他们忙不开，你来找我也一样。”

小玉这般热情，兰芝一时感动得不知如何是好，但她这些年在察言观色、判断形势上的能力提升不少，看着小玉是在自说自话，心中已有几分明白。

如今，李峰和兰芝之间的感情很微妙，因为太在意对方，他们反而都有些患得患失。一天晚饭时，李峰和柱子喝了一点酒。

“你对兰芝就没有想法？”柱子借着酒意问李峰，“你们上学时的事我也知道，现在又相遇了，也算缘分不浅，你别辜负了人家。”

“兰芝……唉，我以前就配不上她，现在这样，就别耽误她了。”李峰也有了一些醉意。

“我去她们单位打听过了，有个不赖的小伙子老去找兰芝，可兰芝都客气地打发走了。那女子心气儿高，也不知道要找个什么样的。哎，你看紧点，别等人家嫁了你后悔都来不及啦！”柱子端起酒杯和李峰碰了一下。

“去你的！”李峰红着脸踢了柱子一脚。

修配厂的生意越发忙碌，填补了李峰寂寞苦闷的心。可晚上躺在床上，兰芝的身影总是浮现在他眼前，一颦一笑总关情。可是如今的自己，又如何去面对那个依然如青春记忆中那样美好的女孩呢？

想来想去觉得自己有点妄想，可还是纠结，冥冥之中他觉得自己对这个女孩越来越放不下，越来越牵肠挂肚。他开始写诗，把内心的波动和情愫一一抒发在每一句每一个字中。这样就能稍稍舒缓他的焦虑和难以按捺的胡思乱想。

蝴 蝶

岁月蹉跎
风起风落下
绿色柔软了草
陪你走过的岁月
已查不到出处

打开前世般的邂逅
回忆如丝如絮
芳菲弥漫
灿烂与艳丽是你
亘古不变的嫣然

阳光明媚了
你倾心花蕊
大地变得丰盈润泽
又一个季节的美好

请 你

请你在烦恼时读我的明亮
请你在孤独时读我的温柔
请你在寂寞时读我的絮语
请你在忧郁时读我的心跳
请你在有月亮的夜晚打开门或窗

我将在月光下前来

只为能看一眼你的梦

李峰的字刚劲有力，兰芝读着读着，泪一滴一滴地落在纸上。时过境迁，这是她第一次收到李峰的信，是他深思后的表白。

这些年来，自河边那次巧遇，李峰的影子就一直萦绕在她的脑海，他善良大气、成熟稳重，这些正是她所向往的男人应该具备的。但是李峰这些年的经历，又让她有些顾虑，自己的家人能否接纳他？小玉怎么办？于是，她决定先不想这些，一切顺其自然。

第 11 章

这天，李峰回河西村家里看女儿。如今彩霞的父亲已经过世，郭家的果园也由别人承包，李峰把彩霞的母亲接过来，在家里专门照顾花花，一有时间李峰就回村里看看这一老一小。

他掀开门帘，只见老人家正坐在炕上给花花缝着校服。“妈，您吃了吗？”李峰关切地问道。

“明天，孩子的学前班要开家长会，花花一直问你能不能参加呢。”花花的姥姥一心只惦记着这事。

李峰点头道：“能行，我记着呐。”

“孩子，你也该找一个女人啦，彩霞没福气走得早，这都是她命薄，这都好几年了，你准备后半辈子打光棍呀？这样让我的心也难受。”

“知道了，妈。”李峰应着。

“找媳妇可不是挑东西，得对眼儿。唉，我这儿离得远，也不知你那边可有好女子，要有相当的，赶明儿妈托人给你说一说。”

李峰劝她道：“妈，你别着急，这事我知道了。看缘分吧，看哪个女子能看上我这样的。”

“你咋了？一表人才，为人厚道，又有能力，村里的人都对我说你有经营头脑，把修配厂搞得成县里的名企啦。花花有我呢，你尽管放心找吧，我帮你把她带大，只要你们过好就行。”

“妈……”李峰一听这话又是一阵心酸。母亲有病身体不便，丈母娘就如亲娘一样照顾着他们父女。彩霞的事她一句也没有埋怨李峰，还一直帮着照看花花。

晚上，李峰躺在床上，环视四周，这些年家里的摆设一直没有变，他和彩霞的结婚照还挂在屋内。相框里的两个年轻人，当时根本想不到等待他们的是怎样的生离死别，笑容里充溢着满满的幸福。当年的自己，英俊帅气中还有些稚气未消；彩霞那带有婴儿肥的脸庞上一对小酒窝泛起。他俩牵着手，共同捧着美丽的花束。如果时光能够停留在那时该多好啊，李峰就带着这样的辛酸和幸福迷迷糊糊地睡着了。

第二天一大早，丈母娘熬好稀饭，煮了几个鸡蛋，他和花花吃完便去了学校。天光微亮，李峰骑着自行车，花花侧身坐在后座。时间还充足，他骑得很慢，父女俩边走边聊。

“花，新老师怎么样？”

“挺好的，就是数学老师‘找’和‘好’字的口音分不清，他一说话同学们就忍不住要笑。”

“慢慢适应，听得多了就适应了，你要忍住点，别影响老师上课。”

“嗯。”花花笑着答应着，她搂着爸爸的腰，把脸贴在爸爸的后背上，“爸爸，你啥时候给我找个妈妈？姥姥说你该找个了，找个妈妈让我看看吧。”

“姥姥告诉你的？爸爸得给你找个好妈妈，像你妈一样好。”

“没事，我妈妈走的时候我也不记事，妈妈的模样我也是在照片上看见的。你一个人在外边挣钱，要有人照管你，这是姥姥说的。”

听着女儿的话，李峰双眼不由得湿润了，心里暖暖的，为自己有这么开明的老人和懂事的孩子庆幸……

傍晚时分，李峰和兰芝又转到了一中附近的那条街。十字路口往右一拐有家兰州拉面馆，已经开了很多年，李峰和兰芝上学时曾经吃过这里的面，今天的晚饭他们决定就在这里吃。面还是记忆中的味道，他们吃了面，又慢慢喝着这里特有的盖碗茶。

从面馆出来，两人一边走一边聊着，这时身后响起一阵急促的自行车铃声，“铃铃！”“铃铃！”李峰一把搂住兰芝躲过了后面的自行车。兰芝的身体微不可察地颤动了一下。时隔多年，那温暖的怀抱，那熟悉的气息，依然让她觉得十分安宁，这一刻，她心底里有一种压抑已久的柔情苏醒了，如在黑暗的夜幕中盛开的烟花，如在春风吹拂下绽放的花朵。

他们沿着一中门口的那条马路拐了个弯，来到当年兰芝上学放学常走的河边坝上。五月的天气，空气中飘着暖暖的热意，微风徐徐地吹起岸边树木的枝条。李峰和兰芝的思绪，都飘回到那纯真的学生时代。当年堤坝边的那些杨树，各个只有拳头粗细，现在已经长得高大挺拔，枝繁叶茂。树林边那块硕大的青石依然静静地躲在那里，虽饱受风雨却越发沉厚润泽。

李峰在大青石上坐下来，石面有微微的凉意，不一会儿就温热起来。兰芝站在他的对面，两个人谁也没有说话，静静地体味着这难得的闲适时光。

天色暗了下来，杨树林的风紧了，树叶在风的怂恿下推送着一首又一首交响曲。李峰终于按捺不住，一把把兰芝拉进怀里，兰芝感受到李峰浓厚的气息，心神瞬间沉醉其中，无法自拔。不远处，路边的灯一盏盏依次亮了起来，月亮悄悄地挂在天边。

九十年代以来，那些热衷于在街面上打群架立山头的小流氓少了，大家纷纷转型，其中的成功者，已经扯起了一摊自己的生意。饭店、旅店、游戏厅、台球室、洗浴城、夜总会，这些生意不需要太专业的管理经验，却要求老板涉面广、人头熟，是“转型”人士的首选。刘凯亮却不这么认为，他想，要转型就要转得彻底，转得与众不同。那么到底做哪一行呢？最后，他依托县里的农机厂开始生产小型的柴油农用车。他在城乡接合部租了个门脸，挂起“农机公司修配部”的牌子卖配件。可以说九十年代初是创业的黄金时期，各行各业都蓬勃发展，凯亮的生意还算过得去。这个修配部本来只有他和堂弟凯飞两个人，后来又请了个师傅和一个小工，从补胎换机油开始，慢慢也接些修理的活。好在当时这一带也没有什么高级车，一般的活也还好干。

凯亮起步比李峰早，在同行竞争中却屡屡吃亏，最初他发现客源渐少，生意一直在走下坡路，却没有找到原因。一次，他在修理间无意中听到两个修车的司机讲话，言语间对新开的东风修配厂大为称道，说要不是因为顺道活急，才不会到这里来。

凯亮记在了心里，回头找了一个朋友去打听，看这个东风修配厂是怎么个情形。朋友转了两天回来，向凯亮汇报时很是长敌人志气，灭自己威风。总结起来大概有三点：一是东风修配厂货全，要什么有什么，不至于让修车的人东买一个螺丝西买一个轴承地跑断腿；二是修车师傅技术高，发动机、变速器异常这些高难度的故障也是手到病除；三是人家那修理间是标准化建设，不像凯亮这里挖个地沟就开工。凯亮越听越恼火，就问他那边的老板是谁，当听到李峰和柱子的名字时更为光火，这两个名字单听起来他可能还想不起来是谁，一起提起来他就知道必是他高中同学无疑。心想："好啊，抢饭碗抢到我头上了，当我凯亮是泥捏的吗？生意场上无父子，难道让他俩夺了我的饭碗不成？"

凯亮修车不擅长，搞破坏倒很拿手。他和凯飞不便出手，就找了两个昔日一起玩的小兄弟吃了顿饭，把事说了让他们去安排，两人立即心领神会。

从此，李峰和柱子的东风修配厂小事故不断。先是有人开了辆破夏利说是发动机动静不对，占着修理间的车位让师傅调了大半天就是不挪窝，然后是厂院里已经修好还没有被车主取走的车一夜之间都被划伤，有两辆车的玻璃也被砸了。这责任自然是修配厂的，但谁的车被这样祸害不心疼，各种纠纷就这样闹起来。来修车的也都是明白人，猜测东风修配厂这是得罪了社会上的什么人了，一时间各种议论都有，厂里的生意自然受了不少影响。李峰和柱子被折腾得焦头烂额，他们想弄明白这究竟是谁在挑事，打听来打听去，就打听到刘凯亮这儿来了。

一次赶上县交通局的一个科长家里嫁女儿，李峰和凯亮都到了。李峰把凯亮叫到一边，当年在教室里一起读书、在一个操场上打球的同学，再见面时，竟是一种剑拔弩张的对峙局面。李峰知道凯亮的为人，知道跟他讲公平竞争什么的简直就是笑话，所以他直截了当地问道："我厂里的事是你做下的？"

凯亮嬉笑道："我说不是吧你也不信，不过呢，我那修配部是我吃饭的行当，我现在没家没业没有进钱的项，就指着它呢。像我这样的人，一向遵纪守法，可只要有条活路谁愿意这么干？"

两人面对面相互打量着，他们身高相仿，又都处于气势正盛的年纪，这一较上劲儿，连周围的空气似乎都生出一种寒意。这时有别的来客从他们身边走过，随意向他们打了个招呼，李峰才意识到这是人家的喜宴，现在实在不是解决问题的好时机。他径自点了一支烟，扫了凯亮一眼，点点头，回到自己那桌上去了。

凯亮这事不解决厂里就安静不了，李峰和柱子商量着，但一时也找不到一劳永逸的好办法。他们自然也可以指使人去凯亮那里闹，但杀敌一千自损八百，以后两家谁也落不了好，于是只能自己先小心防备着，然后兵来将挡水来土掩。李峰从没想过认输认栽，小时候孩子们打架，父亲对他的教育就是"没事别惹事，有事别怕事"。万事一理，在社会上打拼也是这样，事既然出了，你越怕越躲，后患反而越多。李峰在等待一个可以做个了断的时机。

风不止树不静，更大的冲突说来就来了。

这次事件的导火索是县郊一个小型的运输队。运输队的老板二润这些年和凯亮是在一起吃喝的兄弟，家人帮他凑钱加贷款置了辆前四后八的大货车跑运输，这些年发展得很不错，如今手下已经有了个拥有四五辆货车的运输队。二润的货栈离凯亮的修配部不远，车辆有点小状况就在他那里维修保养，这对凯亮来说是个稳定进项。后来二润听手下的司机们说城南的东风修配厂价格公道技术好，去试了两次，果然很满意，两个老板也都是爽快人，二润和他们谈了下，以后就在这里定点维修了。在二润心里，在商言商，哪里好就在哪里修车，和凯亮的交情是另一码事。

凯亮知道这事后，直骂二润是叛徒，更恨李峰和柱子存心拆自己的台。这件事不能忍，凯亮知道李峰和柱子的为人，知道硬拼不过，决定要找二润出气。打听到二润的车这段时间正往洗煤厂拉矸石，他提前纠集起一伙人，带好铁锨镐头准备找个僻静路段等着。

这条路有大概五公里的路段封道维护，过往的车辆要下到便道上绕过去再上路。便道边上就是玉米地，凯亮他们一合计有了个好主意。他们把皮卡开到一边，把铁锨镐头等工具拎下来，闹哄哄地开始在便道上挖沟。可二润的车还没到，他却等来了另一个冤家李峰。今天李峰开着他们厂里的一辆新款桑塔纳和柱子一起出去办事，结果刚下便道没多远就看到一条沟，远远地还看到前面一群人堵在道上。到近前了才发现是凯亮一伙人，这些人见有车过来，呼啦一下便围了上来。

李峰不知道这阵仗是冲二润的车来的，以为凯亮截的就是自己，这也太猖狂了吧！李峰心头火起，他在转念间就拿定了主意，对柱子使了眼色说："抓住理，往大了闹。"柱子重重地"嗯"了一声，表示明白。凯亮隔三岔五让人到他们的厂子里搞破坏，要说报案吧，这种鸡零狗碎的案子也不值当认真查，估计也没什么好结果。这次李峰的意思是告凯亮一个扰乱交通的罪名。

看到李峰和柱子打开车门走过来，凯亮一时间怔在那里，其实要说有怨气，他对二润比对李峰他们的怨气大多了。他和东风修配厂是同行，既然一开始就是冤家，也就没什么话好讲，可二润呢，自己还一直拿他当兄弟，他却屁都不放一个就跑到兄弟的竞争对手那里去。但今天既然和李峰他们狭路相逢，不闹出点名堂来也不是凯亮的风格。他迎上前去，也不谎称什么当地村民挖水渠之类的话了，只对李峰他们俩说："今天我替我叔在这里坐地收钱，看在老同学的面子上，交五百，让你们走。”

李峰不动声色：“要是我们不交呢？”

“不交？我大哥能答应，它也不能答应啊！”凯亮还没答言，他身旁一个吊儿郎当的小兄弟挥舞着手里的铁锹说道。

眼看着双方就要动手，后面一阵尘土飞扬伴着重车的轰响，二润的两辆大货车到了，前面的车是二润亲自开着，后面开车的是他手下一个姓李的司机，副驾驶位上还各跟着一个助手。看到前面拥堵的人群，二润还以为发生了什么交通事故呢，他下车去打探情况，还没弄明白怎么回事，却见凯亮越众而出，来到他的面前。

二润知道事情不对，但也只能揣着明白装糊涂：“凯哥，这是怎么了？”

凯亮一声冷笑：“二润，我们也算认识这么些年了，我也没什么地方对不起你吧，怎么关键时候胳膊肘往外拐？你这是要看我笑话啊？今天老子就是要收拾你，可半路又杀出个冤家。”李峰和柱子一听就明白了。

这里前不着村后不着店，而凯亮他们是早有准备，看来一场战斗是在所难免了。

凯亮的助手指着二润骂他是个叛徒，二润的司机上前就给了他一拳头，其他人一看凯亮的助手鼻子流血了，一拥而上，李峰和柱子也被搅在其中，直打到警车开来，这场战斗才停止。

好在这些人受的都是轻伤，只需包扎休养几天也就没什么事了。在二润的病房里，李峰听他讲了后来的事情，凯亮和他找来的人除了两个钻玉米地跑了的，其余几个都被警察带回了派出所。

李峰知道，自己和凯亮现在的情形，就好像是武侠小说里的高手过招，正在比拼内力的僵持阶段，双方要想全身而退，最好是你减三分我减三分地把力量撤下来，然后哈哈一笑，各自走开。于是，李峰和柱子一合计，觉得无论怎样，还是应该尽力化解矛盾。再者，他们之间并没有什么解不开的深仇大恨，同校读书时，彼此似乎还有点心照不宣的小交情。

李峰拿出军人式的雷厉风行，开始做善后的工作。在这次冲突中，受伤最重的凯亮的助手的住院押金是李峰他们交的，他们还向伤者家属承诺所有的治疗费用都由东风修配厂和运输队出，营养费和误工费只要在合理范围内也都好商量。李峰和柱子出面请客，把此次事件的其他参与者约到一起，说了要把事情压下去的意思。二润其实也不想把事情搞大，都是生意人，需要相互照应。凯亮被提审时，也始终没有胡乱攀扯李峰。

如今，李峰和凯亮都各退一步，开端良好，以后的事情就好办了。凯亮在局子里待了几天出来后，叫上几个人把挖的地沟铺平了。之后，凯亮第一次走进李峰他们的修配厂。凯亮看大门整洁，厂里的地面上没有一点杂物，工人们井然有序地干着活，他不由得对李峰又一次生发出敬佩之意。

“凯亮，你怎么悄悄地过来了，快进来！”柱子把凯亮迎到办公室，叫小玉泡了一杯茶，“你等着，我去叫李峰。”

听说凯亮来到厂里，李峰有些意外，赶紧随着进来。

“我没进来时，不知你们厂怎么样，我这一进来吧，心里反倒踏实了。”这话把李峰说乐了，凯亮又道：“我混了这些年，倒还没有对不起谁，要说有亏欠，也就我弟小飞了，他从小就爱跟着我，好处没得着，倒霉的事落下不少。这次我没被关上个一年半载都是你们帮了我，现在我那半死不活的小生意我也没心思干了，你们厂里就把凯飞收了吧。他做事有股子钻劲儿，以前我们那个修配部，我也就应个名，里里外外都是他管着。”

凯亮的修配部上了锁，挂了个“停业整顿”的牌子，凯飞到了李峰他们的修配厂上班。李峰看在凯亮的面子上，试用了两个月，发现凯飞倒真是个人才，就打定主意培养一下他。后来，李峰和柱子约了凯亮，和他谈起两家联营的事，李峰的方案是凯亮的修配部改为“东风农用机车修配中心”，从自己的修配厂派一个懂行的老师傅过去管理，而凯飞就留在他现在的岗位上管理修车间。至于凯亮本人，李峰建议他跳出汽配行业干餐饮，这一方面李峰也有计划，现在正好有一个外地老板的饭店要出兑，如果凯亮有兴趣，可以由东风修配厂筹集资金接下来。以后修配厂这边有凯亮的股份，饭店这边也有李峰和柱子的股份，大家共进退。

凯亮这人在他不犯浑的时候也是明白事理的，这个方案他基本上同意了，至于具体的股份比例和资金筹集问题就可以再进一步协商了。末了，凯亮很感慨地说了一句："一开始我就不想和他们那些人似的去干餐饮，这转了一圈儿，又转回来了。"

柱子和他开玩笑说："凯哥你不干餐饮谁干餐饮，你不干餐饮，这县城里连个像样点的饭店都没有。"

事实证明凯亮是很适合干餐饮的，他们兑下来的这个饭店，在本地已经开了两年，口碑还是挺不错的。凯亮接手后，指派厨师到省里和北京的五星级酒店培训学习，并在这两层的饭店里摆了三十张桌子，谁家孩子办满月、百天或者结婚都能铺张开。饭店成了县里最红火、接待水平最高的一家，谁家办事，都得提前约，忙得凯亮不亦乐乎。李峰有什么生意上的往来，在这里安排也最省心，只要说一声要什么档次的席面，自有人荤素凉热、酒水饮料地去提调，每场宴请，都是又有里子又有面儿。

这一场风波过后，兰芝一阵后怕，同时也担心树大招风，以后类似的事情会很多。李峰安慰她说："没事，事业刚有起色时，难免会有些街面上的是非要处理，这是因为和你一个层次的人太多，相互之间容易产生摩擦。努力往大了做，起码做成在当地有影响力的企业，当要动你的人已经够不着你时，这种掣肘就会慢慢减少。"

有热心的同学组织起了一中同学会，把现在在县城工作的同学召集到一起，大家AA制吃一顿饭，收到通知的同学都很热情地参加了。同学们毕业后分散四方，唯一有效的联系方式就是毕业纪念册上那一行通信地址，但随着大家学业、工作的变动，原来的地址失效，再想联系就很难了。这次能聚到一起的，都是一中校友，即使有的人不是同班现在聚到一起也显得格外亲切。

亚鑫也从北京赶了回来，现在凯亮也是自己人了，大家就围坐在一张桌子旁。和凯亮的合作，李峰向兰芝提起过，凯亮却是离开校园之后第一次见到兰芝。凯亮看着李峰和兰芝之间的情形，有惊诧，也有了然，在这种情形之下，他完全不知道该对兰芝说点什么。但在菜还没有上齐的时候，凯亮主动向晓华敬了一杯酒，为当年的行为道了歉，此刻，晓华才知道当年的事原来是因为自己和凯亮的后妈有几分相像惹的祸，大伙都问凯亮，他后妈和他老爸现在过得如何，凯亮端起酒一口喝下去："别提了，据说也分手了。"

亚鑫不错，学的是中医，现在在北京一个三甲医院工作，她说："你们来北京看病记得去找我，我领你们去什刹海吃有名的北京小吃。"

没有几杯凯亮就把自己灌醉了，柱子等几个人把他扶下去休息，好在凯亮醉酒是常事，倒也没有人觉得哪里不对，只有兰芝和李峰心里明白。

省城的电话打到兰芝的单位，说兰芝的母亲病了，在第三人民医院的急诊科。兰芝急慌慌地找到李峰，李峰陪她去了省城。

兰芝一进病房就看见母亲闭着眼睛，脸色蜡黄，四五个医护人员站在床边一边看报告单一边研究救治方案。大姨告诉兰芝，她妈妈早上买菜回家后说肚子疼，恶心想吐，还有点上不来气，就赶紧叫车送到医院，现在状态很不好。兰芝只觉得双腿发软，心里默默地念着"妈妈一定不要有事，一定不要有事"。

兰芝妈妈得的是急性胆囊炎，大夫告诉家属患者病情紧急，要手术治疗，现在先禁食，输液消炎，为手术做准备。兰芝专门请了假照顾妈妈，李峰有时间也常过来帮她跑前跑后。兰芝妈妈的手术很成功，休养了一个来月，她的身体便康复了。

等李峰和兰芝再次到省城时，大姨提前订了饭店，说是一家人在一起吃个晚饭，好好聊一聊。

兰芝的妈妈和大姨知道兰芝正跟李峰处对象，李峰在下面的县里做汽车维修生意，经济状况很好。但当她们得知李峰结过婚还有一个孩子时，兰芝妈妈着急得一晚一晚睡不着觉。李峰和兰芝一起出现在包厢门口，他还保留着在部队的习惯，衣着以简单舒适为主，那天天热，他只穿了一件黑色丝光棉的圆领T恤，灰色西裤配休闲皮鞋。如今他要和各方面的人士打交道，当然也不能穿得太次让人怀疑东风修配厂的实力，而他又不愿意在穿着上花时间，买衣服都是趁到省城办事的时候直接拐进专卖店让店员给搭配好。好在李峰身材挺拔气质好，什么衣服到他身上都服帖。他和一身浅蓝色束腰连衣裙的兰芝站在一起，两人虽没有什么亲密动作，但是神情举止间，让人一看就知道这是一对两情相悦的恋人。

大姨和刘玉珍看到兰芝他们来了，忙亲热地招呼他俩入座，兰芝忙向她们介绍说："这是李峰，我高中同学。"李峰笑着和她们寒暄。

一家人边吃边聊，话题从兰芝妈妈病后的保养说到人活着要注意劳逸结合，还说什么时候等大家都抽出时间来，一起出去旅旅游，散散心。要说兰芝的妈也是有福气的，人能干，性子也温和，在纸袋厂没多久就当上了车间组长。虽说是病了一场，但一切都有大姐和兰芝照应着。

李峰这些年在生意场上也是见多了人情世故的，对大姨这样的人自然是一看就知道的，于是他站起来说："我以茶代酒，敬大姨和阿姨一杯，祝你们身体健康，永远年轻。"他深深地看了兰芝一眼。

"兰芝妈这些年一人带着两个孩子，为了兰芝和小亮一直未嫁，就是不想让孩子们有个后爸。兰芝也老大不小的啦，一个黄花大姑娘一结婚就当后妈，我和她妈都不同意。"

"大姨，咱们先吃饭，以后再说。"兰芝赶紧给大姨夹菜。

"这些事要及早说，我当大姨的提前把话说到前头，这也是你妈的意思。"

妈妈见兰芝不开口反驳，她知道女儿的脾气秉性，越是这样越表示她打定了主意不更改。于是更加担心地说道："你做得再好，也是个后妈，自古以来人们已经给后妈贴上了反面的标签，妈妈担心你无法面对这种关系。将来你们有了孩子，会更难应付，人生本来就苦，你还往火坑里跳。"

“后妈”这个词兰芝也觉得好奇，但人生无论干什么不都是一种挑战吗？“我好好对她，她就会认我这个妈妈。”兰芝还是毅然决然地要跟李峰好。

李峰很少和兰芝提过彩霞，但兰芝从柱子和小玉等人的只言片语中，依然可以感觉到她是一个好女人。她的早逝让兰芝对她有一种深深的怜惜，因为她们在茫茫人海中爱上了同一个男人，兰芝甚至对她有一种莫名的亲近。花花的问题在兰芝看来不是什么难事。然而，一切并不像想象中那样无波无澜。

第 12 章

花花从小乖巧懂事，但当她真的见到兰芝时，却无法接受有一个将要代替她妈妈的女人。当兰芝抱着一个大玩具熊，第一次去见花花时，花花扭头就跑到姥姥那屋，叫了几回都不出来。之前，花花见小伙伴们吃着妈妈给烙的饼子，穿着妈妈给做的新衣服，花花心里是多么想妈妈从照片里走出来给自己一个拥抱，叫自己一声“花花”啊。小时候她要妈妈时，姥姥就说妈妈给她挣钱去了，哄着她好好吃饭、睡觉。她一直等，一直等，后来，她好像渐渐知道了关于妈妈的事，知道妈妈再也不会回来了。

如今，爸爸终于给她领回来一个妈妈，她却跑掉了。自己不是也曾央求爸爸给自己找个妈妈，怎么见了人反而有些害怕，有些忐忑？好多故事书里都说后妈是恶毒的，尤其是白雪公主和七个小矮人的故事，让她又多了几分忧虑。不过，她偷偷瞟了一眼这个妈妈，好像在哪里见过，这个妈妈眼睛里含着一种对她的怜爱和关心之意。花花又动摇了，但她还是缩在姥姥的屋里没有出来。姥姥和爸爸也不勉强她，大人们只管在外屋说话。

等爸爸他们走了，姥姥和花花吃了晚饭上了炕，姥姥才和花花说起了悄悄话。姥姥问她：“花，你怎么不愿意见今天来的兰芝姨，是不喜欢她吗？”

花花回想了一下兰芝阿姨的样子，闷声不响，摇了摇头。这位阿姨眉眼如画，说话的声音很柔和，和她熟悉的翠香姨、玉爱姨都不一样，这让花花对她有一种天然的疏远。

姥姥揽过花花："花，以后兰芝姨再来呢，你别躲她，人呐，熟了就好了，就像一家人了。"

花花想起一件事情，她同姥姥说："有一天我在门口玩，听见对门狗剩他奶奶和别人说我，她们说这孩子跟着姥姥还好，以后有了后妈，后妈一心向着自己亲生的娃，这孩子就可怜了。她们以为我正玩着不理会，其实我都听见了。"

"狗剩他奶奶？这话是怎么说的？"姥姥发嗔道，然后她又恢复了平静的语气，"花，你想想，谁是你的亲人？姥姥老了，跟不了你一辈子，以后你爸爸和你现在的妈妈给你生个小弟弟小妹妹，他们才是你的亲人呢。以后你们都长大了，还可以互相帮扶。"

花花想着未来的小弟弟小妹妹，是不是就像狗剩他妈刚生的小娃娃一样，小小的，软软的，吃饱了就闭着眼睛睡大觉，小嘴半张着，时不时还吐个奶泡泡？似乎，有个小弟弟小妹妹也挺好。

等李峰带着兰芝再来的时候，花花终于肯上桌吃饭了。屋中间摆着一桌丰盛的菜，花花被李峰拉到中间，一时间她的碗里就被夹满了自己爱吃的菜。姥姥看花花高兴，自己也笑得像开了花，一会儿一个菜地往上端。花花看看这满桌的菜，都是自己喜欢的，好像今天的客人不是这个新妈妈，而是她自己，一种幸福感和满足感就映在脸上，直到吃得打了几个饱嗝才回屋睡觉。那晚她睡得很香，梦见照片里的妈妈跟她笑了又笑。

晚上李峰开车回城里，路上问兰芝吃饱了没有。兰芝笑着说："没有，没吃饱。"

"怎么，真没吃饱？"

"你呀，一直给你闺女夹菜，也不管我。"

李峰笑了："原来你在这儿等着我。兰芝，你第一次和花花一起吃饭，我怕孩子不适应这种场合。以后你俩好好相处，你俩相处好了，我就幸福了。兰芝，这可就要辛苦你了，咱俩走到一块不容易，也亏得你愿意把我和花花当亲人。”

“只要你对我好就行，别的也管不了那么多了。花花从小没妈，我也没有当过妈，我好好对她，咱们会过好的。”兰芝毕竟还是个大姑娘，提起当妈，不由得脸上发烧。

李峰单手握着方向盘，侧过身子搂了一下兰芝的肩，兰芝赶紧提醒他专心开车。

李峰笑道：“没事，一会儿到街上，我们再找个地方吃点东西吧，省得饿着你。”

“不用，逗你呢，我吃饱了。”

“兰芝，你得吃胖点，我妈以前说‘要想富，炕上坐着个胖媳妇’，所以你别减肥啊！”

“你就知道让我吃！”

“我是一个男人，首先得让自己的媳妇吃好穿好，过上好日子。咱们再生个娃，男孩女孩都好，和花花互相有个伴，以后遇事他们也有个人商量。”

兰芝害羞，用耳语般的声音低头“嗯”了一声。李峰把车停在路边，搂过兰芝，脸凑到她的耳边，兰芝轻轻地闭上了双眼，只觉得一股一股热气在耳边吹着，急促又温暖。夜色深沉，远处有点点的灯光，天上有一轮皎洁的明月，薄纱一般的光芒映射在大地上，车窗外，路边的花草仿佛溢出一种温馨的气息，今夕何夕，一切如此圆满。

紫色的花，浪漫。
紫色的梦，温暖。
这样的绽放，
时过境迁，
总能掀开瞬间的美丽，
那一抹颜色，挑开了那年的夏天，

那一颗心，定格在那年的夏天。
我无法留住那年的紫色，
夕阳下，落英翩然。
我却驻足在如幻的梦影中，
守候着花期的每一次回首。

这是兰芝悄悄写的诗，来纪念她和李峰的情缘。

李峰家里这几年接连出事。自彩霞走了以后，母亲既心疼这样一个好儿媳，又时时挂念着儿子孙女无人照管，忧思成病，本来就病弱的身体撑得油尽灯枯，第二次中风昏倒后再也没有醒过来。

母亲去世后，李丽和李峰商量要把父亲接到上阳镇去住。李峰替父亲在姐姐家附近买了房子，这样父亲既能生活得舒服随便些，姐姐姐夫也方便平时来照应。家里的地就让邻居种着，也不要什么租金，新粮食下来时，给父亲送点尝尝鲜也就是了。但是，人可以安排生活，却安排不了命运，母亲去世后不到一年的时间，父亲也因为急性心肌梗死病逝。当时，李峰甚至也要垮掉了，他觉得是自己不孝才累及双亲，幸亏身边还有花花和兰芝，他才打起精神，撑过了那段日子。

兰芝的大姨和妈妈看李峰为人善良，也是个可以依靠的男人，对他们俩的事也就默许了。由于李峰在守孝中，原本和兰芝定好的婚期只好往后推了，好在如今他们两心如一，日子过得幸福而平静。

生活就像一条河，大的波澜之外，也时常会翻起几朵难遂人愿的浪花来，柱子家里就是这样。

柱子大哥家十六岁的儿子小南进城来投奔叔叔，农村的孩子，中学以后就辍学的也算常有，柱子就安排小南进修车间当学徒。小南干了不到一个月，就对这种每天一身油泥的工作厌烦了，他不知在哪里认识了一个搞收藏的赵老板，一心想出去跟人家学做生意。柱子劝了他几回，还是没挡住。因为这，柱子找过赵老板，还是想让小南回来学汽修技术。赵老板说:

“你这侄子年龄不大，人倒蛮机灵的。强扭的瓜不甜，你也别勉强他了，让他先跟着我跑跑腿锻炼锻炼吧，如果他真是这块料，就正式跟着我干，我也不会亏待他。”话说到这份儿上，柱子也就默许了，心想，只要孩子走正道就行。

不料天有不测风云，在一个大风雪天气里，李峰刚起床，柱子就急匆匆地来敲门，一进屋就说：“小南出事了！”

“怎么啦？”李峰一听也急了。

“今儿早上小南私下里把赵老板的车开出来，结果在城里撞倒一个老人，人当场就没了。”

“啊？报警了没？”

“报了。”

“小南呢？”

“在交警队。”

李峰拿起外衣就和柱子跑了出去。一到交警队，见几个民警正在做笔录，小南低着头捂着脸一句一句地回答着，毕竟他才16岁，就有一个人的生命因他而结束。小南很紧张，满眼的无助，听见自家柱子叔和李峰叔的声音时悄悄地抹起了眼泪。好在出事后，处理得还算得当，小南按照路人的指点叫了救护车，又给赵老板打了电话，赵老板让他主动报警处理。这是让柱子和李峰感到欣慰的一点。

赵老板已经通知死者家属，并商量如何处理后事。由于小南未成年无证驾驶，对方家属那边的赔偿金很难谈，柱子和李峰为了息事宁人，同时也体谅死者家属的心情，最终做了让步，一次性赔偿对方三十万元。赵老板提出自己也愿意承担一部分，柱子拒绝了赵老板的好意，他觉得自家的孩子犯了错，不能再连累别人。

这些年柱子和李峰一起办厂，生意做得很成功，但大部分利润都用于厂子的扩建改造和投资新项目了，他们两人手里能动用的现金并不多。至于他大哥那边，根本就指望不上，虽说现在农村的日子不差，但只靠种地又能攒下几个钱呢？柱子为这三十万元的赔偿金很是着急上火。

转过天来，李峰拿来一张十万元的存折给柱子救急。“我这儿还有些钱，你先拿上，把事先了了，人家老人也好早点入土为安。”李峰说着把存折放到茶几上。

柱子一急，眼睛都红了：“唉，大哥把孩子托付给我，想不到出了这档子事。对了，这阵子你那儿也挺紧张吧，这钱给我用了——”

李峰拍拍柱子的肩膀：“我这儿打点得开，你甭管了，先把眼前的棘手事办了再说。”

柱子想起从自己结婚给六女家备彩礼开始，每次遇到什么关口，都是李峰鼎力相助，他们之间，说“谢”字就有些见外，但总是连累兄弟，柱子心里也不好受。

见柱子的情绪有些消沉，李峰笑道：“怎么，我又没说不让你还，等你倒过手来，还我不就好了吗？”其实在李峰心里，柱子何尝不是他不可或缺的兄弟。这几年他先是失去了彩霞，然后母亲、父亲又相继离世，李峰感觉自己的心都被掏空了一块，幸好有柱子这个从小长到大的兄弟和自己一起打拼，这对他来说已经是最大的帮助了。

李峰和柱子的修配厂发展得很好。老战友李建辉已当上煤运公司的办公室主任，在他的帮助下，东风修配厂成为煤运公司近六十辆汽车的指定维修点。另外，还有几家企业也将他们厂纳入指定维修点，同时他俩又投资加盟了桑塔纳汽车 4S 店。

事业是男人的脊梁，李峰对自己的现状很满意。“兰芝，咱俩谈了两年多了，今年国庆把事办了吧？”李峰笑着说道。

“这就是求婚吗？也太简单随意了吧？”兰芝很不满。嘴上虽这样说，但她开始不自觉地翻看日历，现在是六月末，也就是还有三个多月的时间筹备婚事。

地区有个行业会议邀请李峰参加，这次他没有带人，自己提前三天开车去了。他和兰芝的婚期已定，会议结束后他打算到家电商场先逛逛，把冰箱、洗衣机都订好。还有，兰芝爱唱歌，他要给她挑一套音响。现在的李峰可以自豪地为自己心爱的女人买她喜欢的东西。他还要给兰芝挑一枚戒指，现在结婚都选“三金”，他觉得太俗气了，他要为她买一个能彰显贵气的蓝宝石。这些都是李峰列入这次计划内的秘密，他想给兰芝一个惊喜。只是兰芝单位实在太忙，要不他也打算带她一起出来好好玩两天，顺便为她挑几身衣服。

第 13 章

路上车不多，李峰一路飞驰，颇有些“春风得意马蹄疾，一日看尽长安花”的意味。开会的地方在市中心，他就近订了宾馆，发现宾馆斜对面就是医院。李峰这阵子时常会腹泻，有时下腹还隐隐作痛，但他并没有太当回事，以为是忙起来吃饭不应时、作息不规律所致。难得这几天有空，不如去医院检查一下开点对症的药。

李峰来到医院时，已经是上午十点半了，挂号处的人并不多，他顺利地挂上了消化内科的号。接诊的是一位面容和蔼的中年女医生，她听李峰说了症状，便带他到里间做了诊查。出来时，女医生的面容还像刚才一样平静和蔼，但她没有像李峰期待的那样刷刷地写处方，而是叮嘱他先吃一天流食，第二天来做直肠镜。

接下来的几天简直就是一种煎熬，李峰做了直肠镜，又等着出病理报告。他去取报告单的时候，诊室里几位医生正在研究他的病情，当听说他没有家属陪同时，只得告诉李峰他患了直肠癌，不过幸好是早期，及时治疗痊愈的可能性很大。李峰的脑袋“嗡”的一下如受重击，医生下面的话他似听非听，只是机械地点着头。

李峰不知道自己是怎么走出来的，他确信自己没有失态，这些年的磨砺让他即使在内心崩溃的情况下也可以维持表面的淡定。出了医院的大门，他像刚刚回过神儿来一样，心里翻腾着乌云压顶般的痛苦。他刚二十九岁，正雄心万丈步履坚定地向上走，却仿佛一脚踏空，跌入一个不见底的深渊。

花花、兰芝、姐姐……那么多亲切的面孔在心头一闪而过，如果他有什么意外，她们将带着怎样的痛苦活下去。他不敢再想，想一下就觉得锥心刺骨。

路过一个街心小公园时，李峰实在撑不住了，他来到公园里找了一个长椅坐下来。昨天刚下了雨，树叶充满勃勃生气，树林间有两个退休的老人在练剑舞，工艺木剑上的红穗子甩过，划出一道优美的弧线，他们已经白发苍苍，却活得这么悠游自在。李峰苦笑了一下，这一切的一切，就像是一个虚幻的世界，而自己内心的痛楚却是那么深重真实。他心中暗道："也许再过一两年，这样的人群景物我再也看不到了，我将再也看不到普照万物的太阳。"想到这里，李峰感到一阵彻骨的寒意和无边的绝望。

会议结束了，李峰却没有勇气回去面对那些亲近的人，在这个没有什么人认识自己的城市，他内心才可以稍稍平静些。他在宾馆里躺了两天，晨昏不辨，也几乎没吃什么东西。心情彻底跌落谷底之后，他的情绪慢慢稳定下来，回想医生的话，他这种病最好到大城市的权威医院接受手术治疗。尽管医生说他的病发现得早治好的希望很大，他却认定那是医生安慰病人的套话，他孤身一人前来，医生总不能看他一出门就晕倒在外面的走廊里吧。不过即使只有一线希望，也总要拼一下，他决定回去安排一下，就到北京去看病做手术。想到手术，他心里又是一沉，医生说他的病灶的部位在一个临界点上，所以一定要到大医院，看有没有一个既能祛病又不破坏肛肠功能的手术方案。医生当时还推荐了医院，不过李峰在忧急之下忘记了名字，看来还要重新去问好记下来。

尽管回去前李峰已经特意去澡堂泡了澡，清洗身上的阴沉之气，可柱子见了他还是大吃一惊，问他是不是哪儿不舒服。李峰只得说开会期间生了点小病，输了两天液才好。他没有去找兰芝，他怕见了她，自己好容易积聚起来的精神又一下子崩溃。

因为这种人人为之色变的病，李峰开始考虑在身体健康时从来没有考虑过的问题。如果自己有什么不测，他可以把花花托付给姐姐和柱子一家，让她衣食无忧地长大成人，他向上天祈祷，只求女儿平安健康地长大，嫁一个疼她爱她的人，有一个自己的小家。可是兰芝，他的初恋，他的未婚妻子，他将怎么安排她的生活？以他对她的了解，无论怎样的厄运，她都不会离开自己。但是，他怎么能因为自己身在深渊，就拖住她不放？他回想起自己的病确诊后，回头再去医院时，医生跟他分析的病情："你的病有治愈的希望，但是本地的医院由于设备和技术的原因，不能确定你是否可以进行保留肛门括约肌的切除术，如果不行，就要进行联合切除，这样的话就要在腹部做人工肛门了。"这是最让李峰难以接受的一点，有时候，他甚至可以说服自己接受死在兰芝怀抱里的结局，如果是这样，在无边的伤痛里还有一线幸福之光吧，这意味着他们的爱至死未变。可是，他有很大的可能是虽然活着，但肛肠的功能已经被破坏，他作为残疾者，拖累一个清丽如水的女子一生。本来，因为自己二婚带着女儿，娶兰芝已经觉得负她良多，只是那时还会想自己是一个体魄健全有能力的汉子，娶了兰芝，好好呵护她一生，也算不辜负她的一番情义。现在，还有什么理由不放手呢？兰芝虚岁二十七岁，但实际上刚刚过了二十五岁的生日，花枝一样的年龄，实在不应该就这样把一生葬送在他的身上。李峰也知道，兰芝离开他也会有一种撕心裂肺的痛，就像他放她离开一样，可这种痛总会随着时间慢慢减轻。以后，兰芝这样的好女子会遇到一个爱她的男人，生个可爱的孩子……李峰的眼前，出现了一幅若干年后兰芝一家人欢声笑语的画面，他笑了，眼泪随之滚落。

下午，李峰把电话打到兰芝的单位，告诉她自己明天要到省里开会，可能要过几天回来，叮嘱兰芝这几天注意休息，不要太累了。兰芝随口问他和谁一起去，李峰说和厂子里管财务的小王同去，柱子留下看家。

这些天兰芝这边也有了些小变化，因为她工作细心又负责，最近商场有了一个出纳的空缺，领导就让她顶上了。比起收银来，出纳的工作没那么紧张，但这需要相应的工作经验和专业知识，兰芝是新手，刚开始时有些吃力。尽管她早就拿到了电大大专会计的文凭，但这和实际的工作是两回事，当兰芝发现自己连个现金收付凭证都填不好时，她开始一边加班工作，一边见缝插针地向老会计请教。这样一来，和李峰的约会就顾不上了。

等工作理出些眉目，慢慢可以上手了，她惊觉已经有一个多星期没见到李峰了，而李峰那边似乎也很忙，这几天电话都少了。兰芝有些想念李峰，但也没有怪他，毕竟男人干事业不仅要管好自己的一摊子事，还要和各个单位、管理部门打交道，肯定很累。

这天兰芝串休，她打了个出租车，从城北赶到城南去看李峰。来到李峰的办公室门前，她放轻脚步推开门，准备给他个惊喜，却发现李峰正躺在沙发上午睡。他鞋都没有脱，双脚搭在沙发扶手上，眉峰紧皱，似乎在睡梦中还想着什么为难的事。兰芝很心疼，就没有叫醒他，看到旁边椅背上搭着换下来的衣服，就拿到卫生间去洗。她想开洗衣机，又怕惊了李峰的觉，于是拿起衬衣准备用手洗，一阵香水味儿直透过来。兰芝心里一紧，拿着衬衣到亮处仔细看，果然又在左肩发现一个深玫粉色的口红印子。

兰芝的心一下子揪了起来，呼吸也停顿了，但转念一想，从认识李峰那天起，他的踏实、可靠、谦虚足以证明他能给自己绝对的安全感。无论他的事业如何成功，在改革开放初期的大潮中不管什么样的诱惑都没有改变他的人品和口碑。心神不定的兰芝依然把衣服洗了，悄悄挂好。刚走出来，“兰芝姐，你来我屋里一下。”小玉把兰芝叫到了自己屋里，“姐，你好些日子没有来厂子里了。”

“我换了工作，单位里忙，这里有你和柱子……”

“快别说了，李峰哥最近就像变了一个人，每天去歌厅唱歌，很晚才回来，你得过来看着点他，让他少去那种场合。”李峰这阵子放浪形骸，小玉都看在眼里。有一次李峰晚归，小玉去给他送茶水，一进他的屋，就闻到他身上有股浓烈的香水味儿。“李峰哥怎么变成这样子了？”小玉心里一阵难过，但转念一想，“不管李峰哥是什么样子，是平时的深情专一也好，或是现在的拈花惹草也罢，都跟自己没有太大关系，自有人比我更难过。”这样想来，还隐隐有一些快意。

现在看到兰芝，小玉就迫不及待地想告诉她自己发现的事情，但一看兰芝惆怅的神情，就知道她也发现了什么蛛丝马迹，小玉心中暗暗得意，把想说的话憋了回去。

兰芝也没提起什么，只问小玉道："李峰说去省里开会，什么时候回来的？"

"去省里开会？没有啊，他一直在厂子里，哦，就是这几天应酬多了，天天出去吃饭唱歌什么的。我哥也挺纳闷。"

"李峰不是和管财务的小王一起去的省里吗？"兰芝追问。

"小王在厂子里没动过窝，现在他还在办公室加班呢，不信你去问他。"小玉就差赌咒发誓了。

兰芝找到了答案，却是她最不愿意听到的答案。李峰不是这样的人啊，他们相识于少年之时，历尽坎坷走到一起，怎么说变就变了呢？难道他一直在哄骗她？不，不管是理智的判断还是女人的直觉，兰芝知道李峰对自己的爱绝非作伪，那滚烫的怀抱，那缠绵的低语，都是出于心底的至情。那么唯一的解释就是，现在的他已经不是那时的他了，都说痴情女子薄情汉，果然，男人都是一样的负心薄幸，李峰他也没有什么不同。

小玉看着兰芝写在脸上的伤心恼怒，又假装不经意地说："李峰没去省里，倒是陪了两天省里来的同学。你们一中原来有个叫陈晓华的，就是长得挺漂亮、说话声音娇滴滴的那个，她来了，李峰特意抽时间陪她的。"

小玉这话倒也不假，陈晓华的确来了。陈晓华如今在省城工作，她出差到这边做市场调查，打听到凯亮的消息，直接找上门去。凯亮看到陈晓华就头大，不过现在大家都是成年人了，不说别的，同学的情分不能不讲。凯亮要尽地主之谊，但觉得自己和陈晓华孤男寡女待在一起不好，最好再找几个一中的同学一起热闹。同学中和他玩得好的，就是黑子他们几个，但凯亮觉得这几个货不着四六，叫来了肯定坏事，想想还就李峰和柱子两个人靠谱，于是就把陈晓华领到了东风修配厂。陈晓华说话的声音娇滴滴的，那是天生如此，其实她人还是挺爽快的，老同学多年未见，李峰他们就真的好好招待了陈晓华一场，只是刻意没有通知兰芝。

话是真话，但小玉说出来就换了一种意味。兰芝不反对李峰招待同学，但是想到自己在默默地心疼他为工作奔波劳碌时，他却在花天酒地，她心里就一阵阵难过，草草地和小玉打了个招呼后就离开了这里。

此后几天里兰芝一直收拢心神努力工作，她不让自己出任何一个微小的差错，仿佛这样就可以冲淡内心的痛苦。下意识里，其实她还是在等待，等待李峰说自己看到的听到的都是假的，她回忆着学生时代，回忆着一路走过来的他俩，“我还是过去的我，他依然是永远的他”。这点她应该坚信不疑。

进入九月份，秋意渐浓，有的叶子已经发黄，有的开始掉落，大自然呈现出秋天应有的色彩。早晨，有雨点淅淅沥沥地打下来，在植物的叶子上稀疏地响着，一场秋雨一场寒，这是进入秋天后的第一场雨，这场雨来得静悄悄的，什么时候起的云，什么时候下的雨，根本没有引起人们的注意。兰芝没有打伞，紧跑几步，感觉到有几滴水落在脸上，抬头看看天，整个天空是淡淡的灰白色，游走的云有一些发黑，像无数匹马在奔腾。等跑到商场外的一个小广场的休息亭时，她看见柱子像一尊雕塑般站在那里等她。

兰芝疑惑地问柱子：“啥事这么神秘？”

“兰芝，跟你说个事，李峰……他……他变心了，他要和你退婚！”

“你说什么？！”兰芝一脸的惊疑，似乎自己听错了，“他在哪儿？我要见他。”的确，即使李峰有什么事，也不会变得如此薄凉，连一个解释都不给她。

“真的，兰芝，昨晚李峰都告诉我了，他不想见你了。”

“为什么？他自己为什么不来对我说？”

“他去南方学习了，走得急。”柱子说着，掏出一张信纸递给兰芝。兰芝颤抖着双手打开，上面只有简简单单一行字，“兰芝，忘了我吧，我不值得你爱。祝你早日找到自己的幸福。”字迹是那么熟悉，和那唯美火热的情诗是一样的字体。只是她不知道，李峰是怀着怎样的痛楚给她写了这封绝情信，他写了很多遍，换了好几页纸，每一次都被泪水打得斑斑驳驳，这是唯一一张不露痕迹的。兰芝把字条对折撕成两半，重叠在一起，再撕……直到再也撕扯不动，手一松，小小的纸片纷飞，被秋风卷得无影无踪。

兰芝用手摸了摸发凉的额头，靠在广场边上的一个灯柱上，不让自己失控倒在地上。如果此刻站在她面前的是李峰，她一定会给他一记耳光，摸着他的心，让他对着老天说出原因。

兰芝回到宿舍，直接扑到自己的小床上，一颗心仿佛刚刚找到着落似的，不再那么六神无主：“李峰，你怎么了？甚至，你都不来见我一面。”

这个晚上，兰芝辗转反侧，她没有了当初的愠怒，只有一种深入骨髓的伤心。她和李峰一起经历波折磨难，本以为彼此感情深厚，经得起各种考验，不料现在却发生了这种事。这是为什么？人，怎么可以这样？想着想着，天渐渐发白，远方隐约传来几声鸡鸣声，新的一天如约而至。

兰芝病了，头昏昏沉沉的，太阳穴就像是被锤子击打着一样疼，连四肢也疼痛起来，她觉得自己发烧了，整个人瘫在床上。她请了五天假，没有吃药，她觉得现在即便死了也一定比活着好受一些。

迷迷糊糊醒来时，兰芝看了看表，已经是下午三点钟，几个舍友都去上班了，周围显得异常安静。她觉得身体好些了，想站起来看看窗外，可当她虚弱地站起身来，又是一阵眩晕，只好又躺了回去。慢慢地，太阳已经偏西，阳光透过来，形成一个淡淡的光柱。这光柱里面有多少亿微尘在飞舞，人在天地之间，也如这一点微尘，生与死都是偶然，那么这其中的悲欢离合更不值得挂心了吧。

兰芝神游天外，仿佛这样才能好受一些。她想，这场病生得好，人会生病，病了才有痊愈的时候。

过了两天，兰芝感觉稍好些，早上同屋的姐妹给她买了早点放在床头的一个小桌子上，等大家都上班去了，兰芝起来喝了点粥，心里不再空空的发慌。但这满屋的寂静，又勾起了她的心事，她草草地梳洗了一下，漫无目的地走出门去。只是几天没出门，街上那些熟悉的景物陡然陌生起来，兰芝茫然地向前走着。一个走街串巷卖奶油爆米花的小孩子向她推销，她就拿出零钱买了两大包拎在手里，爆米花特有的香甜气息飘来，兰芝提起了一点精神，但腿依旧发软，也许走走会好一些，她仿佛是给自己这趟出门找了一个理由，以证明自己一切如常。

兜兜转转也不知走了多久，兰芝发现她竟然来到一中附近。这条街上的每一个转角，每一座普普通通的建筑物，对她来说都带来摧心剖肝般的痛。她的眼泪毫无征兆地漫上来，眼前一片模糊。

兰芝不知道，就在她身旁一个刚开业不久的饭店里，有人正在看着她。

看她的人是凯亮。那天凯亮约了人在这里吃饭，现在刚过十点钟，上菜为时过早，他和几个朋友坐在临街的窗前，一边喝茶一边聊天。

兰芝走过时，一副失魂落魄的模样，手中装爆米花的塑料袋被路边的灌木枝刮破了，爆米花散落一地，又被其他的行人踩过，这一切她都浑然不觉。玻璃窗内，一个小伙子吵嚷着："哎哟，这女子不对，这不是有什么事想不开吧？"凯亮看到是兰芝，他毫不犹疑地起身就往外走。身后传来一片起哄声，"凯子，有眼光，这女子长得不错！""凯哥，要不要我们帮你打听打听，人家姓啥叫啥？"刘凯亮没有理会，两眼盯着兰芝，等她走得稍远一些了，才启动停在饭店门口的摩托车，戴上头盔，在后面走走停停跟着兰芝。

在一中的斜对面，原来的那一片平房拆迁了，现正在盖住宅楼，施工的人员和机械都在后面，临街已经完工的几幢楼尚未有人入住。兰芝把手中七零八落的爆米花扔到旁边的垃圾箱里，她忽然想看一看一中的校园，在梦醒时分，再看一眼梦开始的地方。从这楼上登高，正好可以看到校园的全貌，她一口气爬上六楼，完全没留意正悄悄跟着她的凯亮。

站在窗前远眺，校园中的一景一物历历在目，在这里，她度过了自己二十余年中最美的时光。她想看得更清楚一些，伸手打开了窗子。冷不防身后有人冲过来，一把拖住她将她拽下来，一个气急败坏的声音叫道："曹兰芝，你这是要干什么？"

兰芝吓得一声惊叫，转头看去竟是凯亮，她惊疑不定地问他："你怎么在这里？"

凯亮见她这种神色，才觉得事情可能根本不是自己想象的那样，这曹兰芝真是自己的克星，在她面前，他好像从来没有正常过。因为自己的冒失，凯亮显得有些尴尬，但他知道，兰芝到这里虽不见得是要跳楼寻短见，她心里也一定有什么解不开的为难事。"曹兰芝，你怎么了，谁欺负你了？"凯亮脱口而出。他依然是连名带姓地叫她，如同往日同学之间的称呼。

兰芝微微笑了一下，"我只是想到学校看看，但我既不是老师，这年龄又不像学生，不好意思进去了，就在这儿看看吧。"兰芝很认真地对他解释道。其实，兰芝是想过死的，也许死能让她忘掉一切，但是，她得活下去，她的妈妈和弟弟不能再失去亲人了。

不知为什么，凯亮一直怕兰芝，现在她既然这么说了，他就不好再问什么。他打开另一侧的窗子，和兰芝一起看学校。凯亮一向不是好学生，也从不觉得学校有什么好留恋的，但这时和兰芝一起躲在一间毛坯房里俯视校园，心里也是别有一番滋味。

随着一阵清脆响亮的下课铃声，一中的学生们涌出教室，会集在操场上，校园里的大喇叭随之响起，课间操的时间到了。凯亮一面看一面跟着比画了两下，不屑地说："都什么年代了，还是我们做过的那一套广播体操，一中也真是，一点进步也没有。"

两人从楼里出来时，凯亮问兰芝用不用送她回去，兰芝摇摇头，她像一个放学后的高中学生一样对凯亮说："再见，刘凯亮。"

兰芝和凯亮两人都不知道，此后几十年他们再也没有相见，就是这么随意的一句话，就给他们青春年少时的一段往事画上了句号。也许人与人之间就是这样，在彼此命运的星空中出现，最终归于沉寂。在此后的日子里，兰芝对凯亮的记忆逐渐模糊；而凯亮一天天的有事的时候忙，没事的时候也忙，也不是经常能记起兰芝。

只是在二十余年后的某一天，凯亮的儿子用一个自己暗恋着的女生头像做了手机屏保，然后没大没小地和父亲嬉闹，对父亲说："看，好看吧？我女神！"

凯亮恍然大悟，对，就是"女神"，这个词太贴切了，曹兰芝在当年就是他的女神。他扫了眼他们家窗明几净的客厅和正在厨房里忙忙活活的妻子，对儿子说："看，那是我的女神。"

厨房里传来陈晓华人到中年却依然娇滴滴的声音："我说你们俩，连个碗筷都不来拿，就等着吃现成的啊？"

从得知自己可能会成为残疾人的那天一直到前几天，李峰始终在考虑怎么让兰芝离开自己，他知道，如果告诉她实情，她会和自己面对一切磨难，打死都不会离去；若说是厂子经营出现大问题破产了，她会鼓励他总结经验教训从头再来，甚至为了生活，兰芝可以养他。苦笑间，他想到唯一可以让她死心的办法就是自己移情别恋了，以兰芝的性子，再痛苦也不会纠缠。

那天，兰芝来修配厂找李峰时，他其实是在假寐，如果兰芝再多停留一会儿，也许他就会起来紧紧抱住她再也不放手。他既怕兰芝看穿了他的布置，要义无反顾地守在他身边，又怕兰芝相信了那些假象，陷入痛苦的深渊。在很长一段时间内李峰都无法释怀。他很想不顾一切地冲出去，找到兰芝，告诉她真相。但是，理智又在提醒他，绝不能拖累兰芝。

他思来想去，感觉自己在疾病和精神的双重压力下，已经处于崩溃的边缘，那么，一切听天由命吧。从来不信命的李峰，把未来托付给了上天，因为他实在不知道，这样的困局怎样才能化解。

这个时候，李峰已经在北京的一家医院里等待手术。这家医院是郭亚鑫找自己的导师帮他联系的，得知李峰的病，作为儿时的伙伴郭亚鑫很痛心，但她还是从医生的角度安慰他说，他的病发现及时，手术治疗后没有什么大问题，医院也会视情况选择合适的手术方案，尽量保障他身体的正常机能。

来北京就医之前，李峰把自己的病情告诉了柱子，柱子惊得目瞪口呆，然后一把抱住了李峰。李峰嘱托他两件事：一是把厂子看好，这应该没什么大问题，平时也都是柱子主内李峰跑外，现在凯飞把修车间管理得井井有条，李峰对他们都很放心；二是关于他的病情柱子要保密，除了他们俩知道，绝不能告诉第三个人，这样不仅是为了稳定人心，也是防止真相传到兰芝的耳朵里。柱子一一答应了。

傍晚，李峰和柱子走在一条小路上，“等上了手术台，下一次能这么散步就不知道是什么时候了。”李峰有些黯然地看着柱子。

柱子没有说话，只是轻轻拍了拍他，迷茫地看着远方。

夕阳西下，天边的那一层层云霞，如绚丽的红绸漫天飞舞，他们的心也七上八下的。柱子知道，李峰身上的香水味和口红印是他和客户一起去娱乐场合时故意染上的。“为了爱情兄弟你用心良苦，一世英名都扔掉了啊！”

“柱子，我若有个三长两短，花花还要劳烦你和六女照顾。”

“说啥呢？你我虽不是亲兄弟，也是一辈子的亲人啦，真有啥事，我就是花花的爹，会把她当我亲闺女一样，到时候风风光光地打发她出嫁，不让她受一点委屈。”

李峰忍不住流下了眼泪，一说到女儿，李峰跟天底下所有的父亲一样，显得柔软脆弱又满含温情。“兰芝……也请你看在老同学的面子上，多多关照……”

“好了，你不会有事的，好好养病，一个小病看把你吓得婆婆妈妈的。”

第 14 章

商场月末盘点，兰芝也跟着加班，下班时已经夜里十点多了。好在她住的宿舍离这儿不远，穿过一个街口就到了。路灯已经熄了一半，一盏一盏间隔着，散发着昏黄的光线。两旁的店铺大都已经上了门板，近处只剩一个“东北烧烤”的霓虹招牌还亮着，远处还有一处灯火通明的所在，是县城里很有名的“仙客洗浴城”。

人们按部就班，或休息，或娱乐，各做各的事。只有兰芝觉得，自己再也不会伤心痛哭，自然也不会真正地开怀大笑了，她和这个七彩人间，竟然如同隔了一层轻纱，一切可触可感，却再也进不去了。就这样吧，时光如流水，该过去的终归会过去的。

一天，商场有个收银员临时有事请假了，兰芝被派过去替她顶班。有一位顾客在付过款后依然没有离开，试探性地招呼道：“你是曹兰芝？”

兰芝抬起头来，发现是一位衣冠楚楚的男青年，仿佛在什么地方见过，却一时想不起来了。那人一边给下一位顾客让开位置，一边说道：“我是张文韬啊，你忘了，你在曾阿姨的服装店上班时，我们见过的。”兰芝想起来了，这张文韬，就是那个她曾见过一面的相亲对象。张文韬竟然有些激动，他看兰芝正忙着，就约她下班后见面，到时候他来找她。兰芝答应了。

张文韬出现在这里，是为了躲避别人的闲言碎语。一年多以前，他处了个对象，叫林潇潇，两家人坐在一起定了日子，张家的婚房已经准备好，还订好了办婚宴的酒店，连喜帖都发出去了，不料后来杀出个前男友来。前男友家里一贫如洗不说，还是个刑满释放人员，据说是为了保护林潇潇才进的监狱。本来张文韬和林潇潇的婚期已定，可她的前男友提前出狱，这下林潇潇说啥也要退婚，坚决不嫁张文韬，即便家里人强烈反对，但林潇潇好像到现在才发现谁是自己的真爱，义无反顾地悔婚了，她正式通知了张家，任杀任剐，反正就是不嫁了。张家被千挑万选的好儿媳闹了个天翻地覆、灰头土脸，但是这又能如何呢？总不能牛不喝水强按头吧。无奈，只好赔了订金退了酒店。最让张文韬受不了的，是他觉得走到哪里都有人对自己指指点点。这时，单位有一个借调下基层的活动，张文韬踊跃报名，碰巧分到了兰芝所在的县城。虽然他与兰芝只有一面之缘，却对她印象深刻，所以一见面就认了出来。

张文韬和兰芝以省城老乡的身份来往过几回后，彼此的感觉还好，还真的成了没事时可以说说谈谈的朋友。初冬时分，两人一吃在店里吃火锅，张文韬忽然说："曹兰芝，我们结婚算了。"兰芝愣住了。

张文韬和林潇潇处了一年多的对象，做足了要结婚的一切准备，最终准新娘却飞了。遇到兰芝，他直接就谈婚论嫁，仿佛他最需要的，只是一个稳妥的保障。

兰芝答应考虑。她觉得，自己已经老大不小了，也不能这么一直漂着，现在她没有不嫁的理由。如今，她所爱的人，从少年时到现在唯一爱过的人竟然弃她而去，她的存在早已成了一个多余的笑话。既然如此，那么就嫁吧，她相信，她和张文韬一定可以和平友好地共度一生。她答应了张文韬的求婚，辞职回到妈妈身边，等着为人之妇，相夫教子，过平淡而随常的婚姻生活。

根据李峰的病情，医生给他做了前侧切除手术，肛肠的功能没有被破坏，也就是说如果他能够痊愈，还是能够和正常人一样生活。医生告诉他手术很成功。但毕竟他得的是癌症，再高明的医生也说不清楚在某一个未知的时刻，那小小的癌细胞会不会卷土重来，摧毁一个人的生命。曾经一个体魄健壮的汉子，如今在疾病和情感的双重折磨之下，李峰瘦了一大圈，眼睛也有些深陷，整个人形销骨立的。手术之后他又转到一个中医医院做康复治疗，每天穿着蓝白条纹的病号服，偶尔出去晒一晒冬日里最宝贵的太阳。院中无甲子，不知外面已是物是人非几千年。

等李峰拖着稍稍恢复了些元气的病弱身体回到家乡的县城时，街面上已经开始卖春联、鞭炮，人们打扫房屋囤聚食品准备过春节了。现在他和柱子在城里都买了房，但他们还是经常住在修配厂的办公室里，一是为了工作方便，二是因为大家聚在一起吃住方便，热闹有人气。

这年春节六女也带着孩子过来了，当她和小玉看到李峰时，两人都被他如今的消瘦憔悴吓了一跳，李峰只轻描淡写地说出差在外工作繁重吃喝不应时，现在回来了，慢慢调养就好了。小玉以后每次做饭时，都弄些汤汤水水给他滋补着。春节过后，出了正月，不熟悉的人已经看不出李峰身体的异样来了。小玉也变得沉稳懂事，对厂子里的人更加客气。

柱子发现，这些日子李峰一直不对劲儿，一个人时总是默默地抽烟，似乎有解不开的愁云，一见有人来，却又一副没事人的样子。柱子和他一起长大，怎能不知他的心事，于是自告奋勇要帮他去找兰芝。其实他们都知道，兰芝并不难找，她不在原来的单位，就一定是回省城去了，只是，为什么要找她，找到她说什么。李峰内心矛盾不已，最后他同意让柱子去打听一下兰芝的消息，他只要听一听她的消息就足够了。和兰芝准备结婚的时候，李峰曾经专门去拜访过兰芝妈妈和她大姨，他把兰芝家的地址也说给了柱子。

柱子出门去了，李峰一直等了三天，却不见柱子的影子，这时他不但挂念兰芝，也为柱子担心了起来。第四天一大早，李峰还没起床，柱子推门便掀开李峰的被子，着实把李峰吓了一跳。他腾地一下坐了起来，瞪着眼睛问柱子："你咋才回来？急死我了，以为你出啥事了。"

"我能有啥事？我听说兰芝已经辞职走了，就索性到了省城，想着既然已经来了，怎么说也得见上她的面。我暗中在她家门口守了大半天，总也不见她出来，后来终于等到了她妈妈。我只说是兰芝的同学，出差到这里来看看她，她妈妈好像察觉出什么来，她告诉我兰芝三月二十六日结婚，还把酒店的名字告诉了我，说是欢迎我参加婚礼。我只说出差时间紧，来不及了，就匆匆走掉了。看来，兰芝是真的要结婚了。”柱子是知道李峰和兰芝之间的感情的，他也是尽了一切努力帮李峰找兰芝，可惜最终还是徒劳无功，柱子也没法子了，垂头丧气地坐在床边的椅子上再不言语。

柱子离开后，屋子里一片寂静，只有迎面一个挂钟“嚓嚓”作响，指针偶尔重合，然后又按照自己的节奏画着自己的圆。也不知过了多久，李峰在心里对自己说：“你希望她安好，如今她真的安好，就这样吧，夫复何求？”

又是一个春暖花开时，张文韬和曹兰芝在省城一家豪华酒店举行了婚礼。几年前，张文韬刚开始和兰芝相亲时，张文韬的母亲曾通过各种渠道打听兰芝的个人和家庭情况，并且通过介绍人回绝了她。为这事张文韬也挺难过，虽然觉得母亲这样的行为有点伤人自尊，可母亲也是为他好，想替他把关，他也就没有责怪母亲。如今经过林潇潇的事，张家只求兰芝别反复就好，其他的也顾不上了。张文韬和兰芝走到一起，本来像是两个疲倦的旅人结伴而行，但当婚礼进行曲响起时，张文韬拉着兰芝的手，新郎新娘都凭空生出一种“执子之手，与子偕老”的庄重来。曹兰芝穿着洁白的婚纱亭亭玉立、高贵大方，到场的亲朋好友交口称赞，倒在无意之中把张家曾经扫落一地的面子拾起来不少。

李峰他们的修配厂又开了两个分厂，张师傅也退休了，几个从当年创业时就跟着他们干的小伙子也都已成家，成为厂里的小股东，一人把着一个关口，厂子运转得非常好。业务扩大后，每月还银行贷款有些压力，好在国家扶持企业贷款扩大厂房投资设备，现在柱子也常常自豪地说他俩的经营方针是借鸡下蛋。

这天，柱子一本正经地瞅着李峰：“我看你的病是误诊，硬是把兰芝让给了那小子。”

“那么大的三甲医院，又做过病检，你怀疑啥？这也许就是我俩的命。”

“哎，小玉也老大不小了，你要不嫌弃，让她伺候你后半辈子吧。她可是打小就很崇拜你。”

“小玉？你别让我害了她，你妹子就是我的妹子。”

“我爸给她介绍了一个人，你要不行的话，那我就让她见了，你到时候可别后悔。”柱子不死心地笑着。

“你赶紧让小玉见面吧，对象合适了咱们合伙陪嫁一辆汽车，也不枉小玉在厂子里辛苦了这些年，但你要把好关啊！”

兰芝结婚了，小玉心里窃喜了一阵，但当哥哥让她去相亲时，她知道自己彻底没希望了，最后，只得认命嫁了个家底儿薄、家里弟兄多的梁春生。小玉出嫁时，柱子和李峰代表娘家陪送了一辆汽车，这让县城和河西村的姑娘们着实羡慕。

一年后小玉生下一个漂亮的女儿，后来，人们渐渐发现小玉两眼发呆，常常自言自语，又恶声恶气地总是骂人，骂她女儿是妖精，孩子一哭她就打。柱子和李峰知道后开车到小玉家看她时，她瞪着眼说他俩是天兵天将，要把自己这个七仙女抓回到王母娘娘那里。李峰和柱子问小玉婆家的人，才知道梁春生已经有两个多月不见踪影，据说是赌博把汽车输了，房子也抵债了，这些日子又找了个邻村的寡妇出去躲债了。

柱子心疼地看着妹妹，她昔日白净的脸上和脖子上挂着一道道黑印，明亮有神的大眼睛变得混浊，像个孩子似的不停地吃着手指头，头发粘在一起，连衣服扣子丢得也只剩两个。柱子流下了眼泪。李峰拿起手机联系了一家医院，医院派车将小玉接了过去。

李峰的战友王滨当年退伍后回到家乡，先在一个大型国企干了几年，后来调入工商局工作。不知道是王滨无意仕途还是有其他的原因，以他们家在当地的基础，他到现在却还只是一个科级干部。

这天王滨给李峰打来一个电话，笑言在这第一批“下海”的人已经造出大游轮的时候，自己也后知后觉地想凑个热闹——辞职经商。临行之前他想先到李峰这边看看秦砖汉瓦，接受一下历史文化名城的熏陶。李峰表示热烈欢迎，他和王滨各自经过岁月磨砺，见面后不知有多少话题要聊。

王滨来了，李峰约上李建辉和柱子一起去了凯亮的酒店。战友之间，见面三杯酒，连凯亮都看得热血沸腾，拉着同样没当过兵的柱子一起干了。闻名已久的古迹看了，酒也喝了，王滨又转回来看了李峰的修配厂。王滨找了个时间和李峰单独聊，他一改平日的嘻嘻哈哈，语气郑重地说："李峰，前阵子我们聊天时，你说一直向往'在路上'的生活，这是真的吗？"李峰愣了一下，坚定地说了个"是"。

王滨的意思是，混仕途一时一个风向，他的性格不适合官场。当年父母在位时他都没被提拔起来，现在又讲究干部年轻化、知识化、专业化，自己底气不足，接下来可能也没有什么大发展了，不如趁能拼得动的时候出来搏一把，他想邀请李峰去东北一起做点事。

"李峰，我这次来，一是看看你和建辉，二是看看咱们哥俩能否合作一下，你拼搏了十几年，有经验，有经济基础，我在东北那里批点土地，咱们合作再建一个分厂，你看怎么样？"

"可以啊，去东北做点事我很愿意。我近期叫上柱子，去你那里考察一下，回头出个合作意向或方案。"李峰爽快地应道。

人都说"三十而立"，李峰如今已经三十多了，立不立的且不说，生离死别的事却已经历不少。人生于世，谁不愿一生顺遂，事事如意，可回想起来，自己的每个心愿似乎都成了泡影，只有"在路上"的戏言似已成真，那么，就继续走下去吧！离开这片自己成长的土地，到另一个天高地远的地方从头再来。

修配厂的事不用他操心，以县城的人口与车辆的容量来看，他们厂子在先前最后一轮的扩大更新完成之后，就要开启稳扎稳打的经营方式，在相当长一段时间内不会盲目扩张。况且有柱子和凯飞他们在，厂子正常运转是不会出什么问题的。

第 15 章

如今花花，不，是李心悦同学已经升入初中了，她的成绩很不错，李峰又交了相应的赞助费，如今她在县里条件、环境最好的实验中学读书。实验中学注重“教”和“育”，让孩子在快乐中学习，并且学校尤其注重孩子的能力培养和锻炼，这也是李峰在社会打拼了这么多年，观察和总结的好学校标准。学校宿舍是上床下桌的四人间，每个人都有一个独立的小柜子，每层楼房除了舍管阿姨外，还配有一个生活老师，帮助孩子们解决各种问题。食堂里各种小吃、热炒应有尽有，每天中午还有餐后水果供应。这个学校还开设礼仪、书法、围棋、唱歌、朗诵等特长训练班，孩子们不光接受文化教育，还能多才多艺。人说“穷养儿子富养女”，李峰不想让女儿受委屈，至于学习成绩，只要能跟得上就行，最重要的是过得快乐。现在交通发达，李峰可以随时回来看女儿。寒暑假里，还可以带女儿去看看自己当年当兵的东北黑土地。

决定去东北前，李峰去和姐姐辞行，这天是星期天，姐姐、姐夫都在家里。听说弟弟要出远门，李丽说道：“你说你要去的是个啥地方，连个名字都叽里咕噜的绕口，听说冬天那里冷得不行。”姐姐、姐夫虽为他担心，但也知道李峰决定了就不会改变主意。

李峰笑着安慰他们说：“那名字是少数民族的语言，难记就别记了，它还有个名字叫白泉，这就好记多了吧。那地方我当兵时去过，天高地广，人也直性，好着呢。只是花花是个事，我带着的确不方便，托给柱子和六女了，姐，你平时帮我多照看着点。”

李丽的脸色柔和起来，说：“花花你倒可以放心，你要是不让我去看她我还想她呢。”

王滨想在白泉办一个中德合资汽车品牌的4S店，李峰到这儿的时候，各种前期手续已经办得差不多了。对于这个行业，李峰很有些轻车熟路的感觉，现在他最感兴趣的，倒是这个城市本身。这里一年有半年的时间是属于冬天的，春天来得很晚，慢慢地，街上有人开始穿裙子，但好像刚热了没几天，便一日比一日凉了，由于春天太短，春夏秋三个季节已分不清界限，好像呼啦啦一起来了，又呼啦啦一起走了。接着又是冬天，漫长的冬天，路上满是积雪，车轧人踩，越来越实、越来越滑。天黑得又早，一到下班时间，人们便匆匆忙忙往家赶，如此就显得冬夜越长。

李峰在一个饭局上认识了一个叫秦燕的女人。那天，席间有个做汽车用品生意的孙老板带着他的职员来了。

孙老板体形微胖，一副随和热情的老好人模样，随行的职员秦燕三十岁左右的年纪，容貌算不上多标致，但眼波流转之间也是风韵嫣然。

酒至半酣，有人讲起了荤段子，李峰本来顾忌有女士在场，会不会有点出格。但他随即发现，在场的那两个女性中，刘总的小秘书掩嘴嬉笑，而秦燕则浑然不在意。

秦燕不知怎的就留意上了李峰，也许是他在生意场上和那些脑满肠肥的老板不一样的缘故吧，她当场就要了他的联系方式，过后去他的办公室找过他两次。每次也不聊别的，基本上就是唠闲嗑，李峰对秦燕并不感兴趣，他三十岁之前的两段情缘几乎耗尽了他全部的心力。“峰哥，我打第一眼见你，就觉得你与其他男人不一样。”

“是吗？”李峰不屑地问道。

“你不仅为人低调谦虚，做事也稳重，是一个有故事的男人。”

“嗨，这年月谁都是在故事中走过来的人，你也很有故事啊，讲讲你的成长经历吧！”李峰心道：我的故事的确曲折，但自己现在只要能健康地活着，看着女儿长大嫁人就心满意足了。

“我的故事三天三夜也讲不完，是一部长篇小说呢。”

“呦，难道你的故事比我和李峰都复杂？来，把这杯酒喝了，咱们今天就听你讲故事。”只要有王滨在，就开逗。

秦燕端起一杯白酒一饮而尽，渐渐泪眼婆娑，大家看她喝多了，便让王滨开车送她回去。

交往得多了，秦燕大略地对李峰和王滨讲了自己的故事。

秦燕出生在东北一个矿山，父亲是一名矿工，因多年下井染上三期硅肺，在秦燕生下儿子坐月子时就离世了。秦燕的前夫怕她知道影响奶水，就没有告诉秦燕，等孩子过了百天，秦燕要去医院看老父亲时，前夫才如实告诉她，秦燕直哭得把奶给憋了回去，还得了一场乳腺炎在医院住了半个月。直到现在，秦燕一看到街上有送殡的队伍或听到哀乐就情不自禁地哭个不停。

矿上的女孩工作了的都早早地结婚生子了，二十岁的时候，秦燕嫁了一个和他一块儿上班的男孩张海，生了个儿子。儿子三岁的时候，张海就常常不回家，经常对秦燕说单位有客人，后来还领回来一个女孩，在她家住了两天，张海还嘱咐秦燕把面和得软点，说那个女孩胃口不好。秦燕因生下儿子后一直在家，也不知外面的世界是个什么样子，竟然老老实实地伺候这女孩两天，直到第三天看着张海小心地搂着那女孩过马路，才感觉到一点难过。

到孩子上二年级时，有一次秦燕同学聚会回家后怎么也打不开门，直到张海领着另一个女人从家里出来，她才知道是怎么回事。秦燕心如死灰般地提出了离婚，她的儿子，现在由孩子姥姥带着，她出来做汽车配件挣钱养活老小三口人。为了生活，秦燕这些年没少陪酒赔笑。

李峰觉得秦燕活得挺不容易，就感慨了几句：“这些年，你就没有想再找一个？”

“你们男人哪有好东西，没钱的嫌我带着个儿子，有钱的嫌我是半老徐娘，还想找个年轻的黄花大姑娘。”

“秦燕，我给你介绍一个老总吧，比你大十二岁，老婆得病去世，有两个孩子，家里好几套房子，就是人长得有点丑，哪天我叫你们一块吃个饭。”

“王哥，你是不是电影电视剧看多了，一心想拯救我这良家女子？喜欢我追求我的男人多着呢，一到谈婚论嫁，人就消失得无影无踪了。谢谢你的好意，你还是多给我点业务吧，我还得养一老一小呢。”

有人说道：“你这样的女人现在社会中还真少见。”

“哪有那么多逼良为娼的？都是自己选的道儿，吃口饭而已。别觉得我心里有多少苦水，真没有，干啥不苦，庄稼地里脸朝黄土背朝天的农民不苦？工厂里跟着流水线的工人不苦？我这点苦，小意思。只是为了揽业务顾不上陪孩子，每天喝得吐血，还得撑着笑脸。”

李峰听这论调很新鲜，倒也佩服她的通透：“你还年轻，对将来还得有个打算。”

“看情形，能挣钱就挣钱，有钱了，能选的路就宽了。没钱的话，就算吃糠咽菜也要有个性。”

“好一个有个性的女子！来，为有个性的女子干杯！”

“你们就逗我吧。王哥，等阳曲矿的计划下来了，给我一半。我先干了，表示感谢。”

李峰很久没有这么放松地笑过了。每个人都有不一般的经历，自己的经历自己知道，不想扒开伤口让别人看，惹人同情。活着，不为金钱，只为能活着就好。

这天，秦燕跟他们签订了一纸合同，说啥也要请李峰和王滨吃饭。席间，秦燕对李峰说：“听王滨说你是正人君子、大好青年，怎么这些年也在生意场这个大染缸里染上颜色了？”

李峰哈哈一笑：“嗨，瞧你说的，人在江湖走，哪有不湿鞋的。”李峰俨然像一个江湖老油条。如果真能把他心底那个苍凉的黑白世界染上颜色，那也算是一种对自己的救赎吧。

王滨摇头笑道："别听他瞎白话，以前叫他去唱歌，他一进去就睡了，我的这位老战友是出淤泥而不染的正人君子。"

秦燕看着李峰，突然低下了头，沉思着。

王滨给李峰介绍了一位朋友，他的发小李振洋。李振洋是工商局财务审计科的科长，职务不高，但位置挺重要。

王滨和李振洋的关系相当铁，不是说他们相互帮扶利用关系紧密，而是两人多年来知根知底，情同手足。他们两家是邻居，两人小时候就在一起玩，上学时除了打架斗殴也没别的爱好，后来在学校混不下去，就来到社会这个大课堂。到十八岁成年了，王滨被家里人送出去当兵，李振洋的父亲从工商局退休了，他就顶替公职上了班。有了正业后他们倒都挺务正，在部队也好在地方单位也好都干得还不错。等王滨退伍回家，两个少年时代的朋友又聚到一处，隔三岔五哥几个就凑到一块儿喝酒。

王滨给李峰讲了一个小故事：李振洋在学校帮王滨打架，把一个同学的门牙打掉一颗，差点被学校开除，幸亏李振洋的爸爸有点关系，学校让李振洋在班里读了检查，还让李振洋的爸爸也交了一份检查这事才罢。

李峰明白，干他们这一行，质量和服务是第一位，在公司内部要高标准、严要求，但和有关部门保持信息通畅也是必需的，最起码在法规政策上不会吃亏。从李振洋喝个酒都先有意无意地观察地形来看，李峰觉得李振洋爽快之中不失精明。

王滨这次让李峰来这里同自己合作，其实也仗着这个发小的关系，由于他在体制内，能在国家政策、行业导向上给予指导，李峰答应王滨每年给李振洋部分分红，也算一点答谢。想经商一定要懂得国家法律法规、各项政策，这些业内朋友最为了解，平时请他们出来吃个饭都很难，幸亏有这样从小玩到大的哥们，所有办证手续很快办妥。这是一个废弃的老厂子，4S 店需要有厂家专人指点，根据地形设计出图纸后方可施工，其实这样也好，厂家为加盟商操心，他们自己也省事了。

王滨和李峰早有约定，王滨负责外联和销售，李峰主管经营和技术，很多关系都是王滨去走。李峰暗暗提醒自己，一不越俎代庖，二也不能两眼一抹黑看不清路数，这之间的分寸，他相信自己是可以把握好的。

在离汽车城五百米的地方有一处新起的楼盘，李峰在那里选了间一百多平方米的现房，找王滨让他给介绍个施工队，好好装修一下。

王滨很是不以为然："你这是干啥？前几天我还寻思着你包宾馆住不方便，在我那里找处合适的闲房收拾出来给你住，你怎么不声不响地买了房？"眼珠一转又说，"喂，你不是想在这里扎根，给咱们那公司卖命一辈子吧？这样的话我可赚大发了。"

李峰笑道："这处楼房敞亮，小区里各项配套设施也不错，离公司又近，我挺喜欢，买了就买了吧。我嘛，上学时住校，当兵了住军营，和柱子创业时吃住都在厂里，住家里的时候还真少。我在这里弄个窝，不管住几年吧，也算值了。"

在老家，李峰也是置有房产的，可是不管是在乡下和彩霞的小家还是城里和兰芝一起布置过的房子，都是他不愿意去碰触的伤痛。在这个陌生的、和过去没有一点牵绊的城市，他暂且找个地方把自己安置了吧。

这天难得清闲，王滨给李峰拿了两张票："秋阳小剧场的二人转票，你和秦燕晚上去看看吧。"

王滨打电话通知秦燕时，秦燕有点吃惊："二人转？这是我们东北人最爱看的，怎么你让我和李峰去看？"

"怎么，你不想陪他看看吗？"

"瞧你说的，我怕人家嫌我不够资格呢。"

"一会儿李峰开车去接你。哦，对了，记得给他带杯茶就行，茉莉花茶！"

"小时候听二人转，都是用我爸妈的录音机放的磁带，我爸虽然老咳嗽，可一听东北二人转就老精神了。听我妈说，我姥姥李家村有很多走南闯北的草台班子，他们转到哪个村，哪个村就像过节一样。那时候村子里还没通电，村里人白天干农活，晚上就在场院里点上嘎斯灯听戏，可热闹了。”说着她又哼了几句二人转小帽，“正月里来是新年啊，大年初一头一天啊……”秦燕看完二人转特别兴奋，一路上给李峰又说又唱的。

李峰这阵子为这新公司忙前忙后，晚上回到家里，基本上也就两种状态，一种是应酬回来喝多了翻江倒海地难受；一种是躺在床上难入睡，脑子里转的是乱麻一样的关系和各种收支数字。别说，只有和秦燕在一起时，他才能真正轻松起来。两个人的生活经历虽然不同，但都有过苦楚，却都选择坚强地面对每一天的生活。

秦燕知道李峰有过一次刻骨铭心的婚姻，但与兰芝的爱情经历李峰没有跟这些人提起过。正如，爱上一座城，是因为城里住着一个喜欢的人。其实，李峰忘不了那座城，是因为那条河，似水流年，太过匆匆，一些故事来不及真正开始就被写成了昨天，一个人来不及好好去爱就成为过客，像云一样飘向远方。自己只身来到这里创业已是一种违心的表白，也许，只要能活着，哪怕你在彼岸，只要我的灵魂在世上一天，我都悄悄捎去我的祝福。这是李峰每次喝得翻江倒海或昏昏欲睡时与自己的一番对话。而现在，在这样的场景里出现了一名异性，那就是秦燕。李峰只把秦燕当作一个令人心疼的妹妹看待。而秦燕由于自己的往事，总是认为男人没有一个好东西，再优秀的男人也只限于做朋友或生意伙伴。别说，她这样的性格，倒让好多男人放下邪心，也不把她当女人看，都当哥们相处。

一次，王滨又拿秦燕逗趣：“我也听说了，东北农村唱二人转，唱到快半夜了，先把妇女孩子撵回去睡觉，然后开唱‘十八摸’。看你这做派，小时候是不是经常躲起来偷听啊？”

秦燕也不回避，捋一把长发开聊：“别说，这事还真有。有一次我真没走，躺在麦秸垛后面，想听听他们唱什么。结果戏还没开，一阵凉风吹来，我连打几声喷嚏，之后就被人揪了出来，毫不留情地赶回去了。那年我也就八九岁吧，啥也不懂呢，就是好奇。”

“哎呀，秦燕你真厉害，八九岁就知道听大戏了，我那么大的时候，还在和别的孩子一起摔泥巴呢！”

秦燕抬脚就踹王滨，人没踢着，鞋飞了。

“怪不得你早早结婚生孩子呢，懂得多啊！”李峰也指着秦燕笑个不停。

李峰在这个叫白泉的地方待了两年，这是帮战友开疆辟土的两年，也是为自己疗伤的两年。第三年当一切都进入有序状态时，一天，财务科的小刘愁眉苦脸地来到李峰的办公室，“李总，有句话不知该不该讲？”

“你说，小刘。”

“最近，王总连续三次提现金，转到他个人卡上，他说，不让我告诉你，等朋友还了他就打回公司账上，可是已经快两个月了，他再还不回来，我也没法交账了。”

“提了多少现金？”

“前后两百多万元。”

“什么？你咋不早说？”

“王总说朋友急用，很快就还回来。”

“好，我知道了。这事还有谁知道？”

“会计张阿姨，其他人都不知道。”

“不要跟厂里任何人说，我问问他。”李峰拿出手机拨打王滨的电话，结果提示对方已关机。

等李峰第二天再打时，王滨带着哭腔和绝望的口气说道：“李峰，对不起，我以为他能赢回来，给了他三次机会，结果都输了。”

“什么？你说谁输了？你慢点说。”

“李振洋，他说让我借他点钱，这几天股市大涨，谁想到，全赔了。”

放下电话的李峰终于明白了这钱的去向。他知道，王滨和李振洋的关系，也知道他有底气在这儿开4S店是靠李振洋的支持和关照，李峰不懂他们的经营思维，但总认为，挣钱就和种庄稼一样，得一步一个脚印，有耕耘才会有收获，不要相信有那种天上掉馅饼的好事。

接下来的日子，李峰面对了更大的考验。李振洋因挪用公款受到法律制裁，王滨也因行贿被判了几年，而厂子的法人是李峰，他只得变卖现有设备、转让了4S店。李峰和王滨的合作以这样惨淡的方式结束。

“我公司账上也有不少钱，先给你们打过去。”秦燕默默地看着有些消瘦的李峰说道。

“够用，柱子那边已经打过来一些，过几天把工资和分红给大伙发了，新的老板就过来签转让协议。”

这些天，幸亏有秦燕陪着，工资发完后，李峰请大家吃了个饭，他喝得云里雾里的。当秦燕把他送回家后，他无论如何也不让秦燕走，竟抱着她哭了起来。这些年，只有在彩霞离世时他哭得不省人事，后来与兰芝分手时也只是默默流泪，这次，他再也挺不住地哭出声来。

“李峰，你大声哭吧，没事，这里只有我和你，我是你哥们，你痛痛快快地好好哭一场，心里就不堵啦。”

“兰芝，你来了，我快死了，我好想你，兰芝，我要你……你别躲，我要你，我要把自己给你……”

李峰迷迷糊糊地感到，兰芝用她纤细的手安抚着自己，他觉得这是他临死前所有的渴望。而清醒的、被李峰紧紧地抱着的秦燕，从不知所措到最后意乱情迷的沉沦，这一夜，两人伴着欲望、激情和醉醺的眼泪义无反顾地缠绵在一起……

当窗前的阳光透亮，晨色清新，楼下传来汽车的喇叭声和嘈杂的人声时，李峰从梦中醒来。然而，当他看到床上酣睡的秦燕时，才知道这一切都不是梦。

李峰赶紧去了卫生间，努力回忆昨夜的事却怎么也想不起来。

移交手续都办完后，李峰把自己的部分资金存入王滨父母的账户。

当财务科小刘把李峰的住房改到秦燕名下，告诉秦燕时，秦燕问小刘："他在哪儿？"小刘说在办公室。

"你啥时的车？"

"下午三点五十分。"

"我送你吧。"

李峰和店里的人挥手再见后，离开了4S店。车慢慢地开着，即将开出这个他待了快三年的地方。

秦燕流泪了，李峰第一次看到她在自己面前落泪。她凝视着前方，问了他一个问题："兰芝是谁？那晚你在醉酒后一直说到的名字。"

李峰低头不语。

"我没有别的意思，只是好奇，你这样的人，一直想念的是一个怎样的女子？"

"她是我的初恋。"

"别——说了。我知道了。"秦燕笑了。

第 16 章

相对李峰而言，兰芝的生活可以用平淡如水来形容。她和张文韬因机缘巧合走到一起，她自知对他不应该有太多的要求，所以也从来没有失望不失望之说。张文韬也并非待她不好，他只是习惯性地不怎么理会身边人的感觉，对他来讲，娶了谁都是一样。在他们结婚后第二年的清明节，兰芝就被他这种习惯伤了一次。

每到这个时节，老天总以淅淅沥沥的雨滴，提示人们大地回春，草木吐新，纪念先祖的时节快到了。

张文韬要回乡给逝去的亲人上坟，清明节前一天，兰芝就替他准备好了应用之物，点心、水果还有香烛纸钱，让他拿去祭拜先人。这边的风俗，清明上坟女性一般是不让去的，只在祖先三周年祭、九周年祭时才能去祭拜。

兰芝的父亲去世得早，兰芝作为一个女孩却不能去坟上祭拜，小时候每逢清明节，她只能在心里向父亲的在天之灵默祷，求他佑护妈妈和自己平安。她看家里还有现成的香烛，就找出个工艺香炉来给父亲上了一炉香。

张文韬回来后，见家里香烟缭绕，就轻轻地“咦”了一声，然后问兰芝道：“我不是上坟去了吗？你怎么在家里又烧香？”他以为兰芝祭的是张氏的先祖，根本就没想到妻子自幼丧父这码事。

兰芝没有力气多言，只随口应了一声。

张文韬便把那炉香熄了，说：“心意到了也就行了，看弄得屋里全是烟。以前过清明节，我妈都弄些和菜吃，你不如也去做点这个，光愣在这里干什么？”

兰芝的心事无人可说，她变得越发沉默寡言。这时的她已经有了身孕，随着儿子张星宇的出生，她脸上的笑容才慢慢多了起来。

在手机已经十分普遍的时候，兰芝终于也给自己买了一款手机，诺基亚 3310。一天在手机店里，她一眼就看中了它，虽然造型普通，但没有一般手机那一截突出的天线，显得格外简单流畅。尽管这时候的手机还没有许多花哨的用途，但只一个短信功能就让她欣喜不已。第一条短信写给谁呢？兰芝的朋友很少，远在北京的郭亚鑫是她仅有的从小时候一直维系到现在的朋友。

她研究了半天说明书，用拼音打字法给郭亚鑫发了一条短信告诉她自己的新号码。不多时，郭亚鑫回话了，两人一来一往聊了好几条，还真是方便快捷。这就是现代人的书信吧，无须纸张，无须邮寄，每一点想法都可以即时传达。兰芝的思绪，忽然回到高中时代。她仿佛看到十六七岁时的自己，形单影只，神色张皇，远行在即，却无法与所爱的人说一句话，听一句他的回复。如果时光可以穿越，她真想把这个单手可握的小机器送给那时的自己，让它替自己分担那无以承载的少年心事。

兰芝有痛经的毛病，从少女时代就有，曾听人说结婚生子后会好，她却完全相反，近年来越发发作得厉害。那天晚饭前她的小腹就隐隐作痛，她怕自己没力气做晚饭，就吃了一颗止痛片。

半夜，兰芝小腹一阵闷痛，只翻个身的工夫，疼痛加剧，痛感蔓延开来，连四肢都跟着痛。

兰芝从疼痛中醒来，她在黑暗中忍了一会儿，拿起床头的手机看了下，夜里两点十五分，她又躺下。旁边的张文韬半梦半醒地“哦”了一声，向床角翻个身，便又放心地睡着了。兰芝在张文韬轻微的鼾声和客厅里的挂钟走动的“嘀嘀”声中，右手捏紧左手手指继续忍耐。到忍不住的时候再看手机，发现才刚刚过去二十分钟，到天亮还早，兰芝知道忍不下去了，便从床上下来准备找止痛的药吃，这下张文韬醒了，他嘀咕一句："大半夜不睡觉折腾啥呢？"说完又蒙头睡了。

兰芝蹑手蹑脚地起来，抱着被子枕头放到客厅的沙发上，倒了杯温水，吃了两片止痛片。她也知道总是吃止痛的药物对身体不好，但这时候也顾不得了。

又过了四五十分钟，在药物的作用下，兰芝觉得疼痛在慢慢缓解，整个人也放松下来，在沙发上迷迷糊糊地睡着了。到了清晨，兰芝依然按照原来的点儿习惯性地醒来，这时张文韬和儿子还在沉睡。

吃早饭时，张文韬破天荒地问了兰芝一句："你昨夜总折腾，是不是哪里不舒服？"

兰芝心中稍暖，说："我肚子疼。"

张文韬随口道："哦，是不是吃坏肚子了？"

兰芝差不多每个月都疼得死去活来，而与她同床共枕、生儿育女的男人竟然毫无察觉。

临出门时，张文韬对着兰芝命令道；"今晚你和小宇睡吧，你一晚一晚地折腾，搞得我也神经衰弱了。"

在弟弟小亮的劝说下，兰芝在远通大厦租了一个二十平方米的商铺。儿子一天天长大，自己除了做饭就是整理家务，张文韬回家总是挑剔她做的饭不对口，十多年的婚姻一直是在张文韬的挑剔中度过的。

这不，远通大厦已装修完毕，小亮的同学是这里的总经理，弟弟给她占了一个二楼客流量比较多的店铺，他不想让姐姐一直毫无价值地活在别人的世界里。改革开放给每个有想法的人提供了机会和挑战，兰芝鼓足勇气，决定挑战自己。"文韬，小亮的同学在远通给留了一间卖服装的地方，我想去北京批发点衣服，你能不能给我点进货的钱？"

"小亮就是瞎掺和，你能做得了生意？卖衣服靠的是眼力，我看你没这水平，你还是在家歇着吧，把饭做好就行了。再说，单位投资入股，我没有钱！”

“小亮说，他拿两万元，咱们出两万元，租金和店铺管理费他出。”

“多少？两万元，我没有，我倒是可以找人借，但年底就得还。”

当兰芝打着三轮车去火车站时，张文韬打发单位的同事给兰芝送来一万元钱，坐上火车的兰芝内心很复杂，以前的倔强性格依然深埋在骨子里，只是为了婚姻和孩子，她学会了妥协和让步，毕竟这个家需要她。

生活就像天气一样，有阴霾，也有阳光。兰芝的儿子张星宇小学毕业时，以全校第一名的成绩考入本地最好的初中，同时被评为区级三好学生。校长亲自打来电话，请张星宇的父母务必都来参加学校的毕业典礼，和其他学生家长交流介绍教育经验。张文韬和兰芝都特意从单位请假去了。

在学校的礼堂中，当他们一家三口站在一起时，父亲斯文儒雅，母亲温柔美丽，儿子朝气蓬勃，一家三口成了焦点。这一天，连他们一家三口偶然对视的眼神都格外温馨。

中午回家吃饭时，张文韬滔滔不绝地说：“孩子学习好，还不是我的基因好？儿子像我，我小时候就学习好……兰芝给我倒杯酒。”幸亏儿子学习成绩不错，否则张文韬肯定说是兰芝造成的。“兰芝，明天晚上我们副总请我吃饭，对了，后天也有人请我。”张文韬现在已经是个科级干部，经常有他分管的单位求他办事，喝酒吃饭是常事。

“妈妈，我爸老爱吹嘘，以后开家长会你别让他参加，他老在同学的父母面前炫耀他的新手机。去学校时还总是把车开到校办公楼中间。”

“为了这个家，你爸一直很努力，他这样做，也是不想别人小看我们。”面对兰芝的解释，小宇似懂非懂，也许等他长大了，步入社会后就会明白。

妻子以丈夫和儿子为荣，儿子以父母为荣，这种满足和骄傲也是一种强力的黏合剂，一家人在外人看来十分幸福。

李峰在东北打拼三年，应该说他是成功的。虽然他和王滨一手打造的4S 店如今已换人接手，但回忆起来他能无愧于初心。东北那片辽阔的黑土地以及他在那里结识的人，也都成为故事和云烟，但愿今后他们都能活得轻松快乐。当他重新细看这个从小长大的地方时，他依然按捺不住心中的激动：“我回来了！”人生就是一个周而复始的圆圈，尽管每一段曲线上的内容都不一样。

和三年前一样，哥们见面大醉一场在所难免。这天晚上，建辉、凯亮、柱子以及厂里几个得力的助手给李峰接风，外人一个没叫。听着熟悉的乡音，看着这些熟悉的面容，李峰不由得喝多了。迷迷糊糊之中，他也知道这是回到了自己的主场，他端起手里的杯子：“喂，你们唱什么歌，换一样，我来念一首诗！”说来就来了：

从明天起，做一个幸福的人
喂马，劈柴，周游世界
从明天起，关心粮食和蔬菜
我有一所房子，面朝大海，春暖花开

从明天起，和每一个亲人通信
告诉他们我的幸福
那幸福的闪电告诉我的
我将告诉每一个人

给每一条河每一座山取一个温暖的名字
陌生人，我也为你祝福
愿你有一个灿烂的前程
愿你有情人终成眷属
愿你在尘世获得幸福
我只愿面朝大海，春暖花开

“呦，从北方归来的人，喜欢上大海了。”凯亮调侃道。

建辉接着又说道：“你这个军人也诗情画意起来了。”

“哪位仙女感化的啊？快说！”

“哪有你命好，你在学校时追陈晓华，如今心想事成，我羡慕都来不及。”

“后来是晓华追的我，非我不嫁，我就是心太软。”

“你啊，悄悄地乐吧，得了便宜还卖乖。”

回想这些年的悲喜起落，李峰认为也许这就是命。那个她在哪儿，如今一定老了，也许还是像当年那样，白净的脸，一双有神的眼睛，还是清纯如初的模样。

如今，柱子有两个儿子，当年六女生下二小时，柱子满脸不高兴，想着已经有个儿子了，再有个女儿就好了，偏偏老婆的肚子不争气，又生了个带把的，将来儿子们娶媳妇就是一件难事。

柱子和六女想起他们结婚时的窘况，时不时就吓唬二小，如果不好好学习就把他给人，给城里要饭的那个人，结果孩子非但没有好好学习，反而自暴自弃索性不学了。二小没少挨骂，也没少挨打，心思就是放不到学习上，到了青春叛逆期，更是几天都不和他俩说一句话。这不，初中没毕业，说啥也不去上学了，据说是因为和同学打架，老师让叫家长，他不想让柱子两口子知道自己惹了祸，干脆连学校也不去了。又急又气的柱子两口子毫无办法，又怕他跟社会上的赖小子们学坏，整天唉声叹气，柱子头上平添了几丝白发。

李峰从东北回来后，在一个下午开车来到柱子家。这天二小在家，他正在看电视，看到李峰进来，二小赶紧礼貌地起身，给李峰倒了一杯茶。

“二小，看啥电视呢？”李峰扫了几眼。

“《雍正王朝》。”

李峰有些惊奇地看着二小，没有想到他这个年龄的孩子没有追韩剧、青春偶像剧，而是在看历史大片。

“好，叔这几天也看这个呢。”这部《雍正王朝》改编自二月河同名长篇小说，是十多年前的老电视剧了，但现在看，依然让人感慨颇多。李峰和二小由电视剧开始聊起来，话题渐渐拉到二小身上。

“小子，下一步计划干点啥？”

“我，学是不想上了，也没想好要干点啥。叔，我还挺愿意鼓捣车的，不如就让我进你们厂干吧。不过我还没跟我爸说啊，一说他准急。”

“我们厂？”李峰笑了，“我们厂的活没点技术还真干不了，要干也得从学徒干起。”

二小不言语了，他在社会上混了这大半年，也不愿意进厂当个学徒工。

李峰说道：“其实呢，叔今天就是为这个事来找你的，我给你联系了个省里的培训学校，新专业——车辆工程，两年制，你去上吧。等以后学成了，留省城找工作也行，回来也行。”

“我能行吗？”

“小子，你这么聪明，只要肯吃苦就能行。”

“叔，谢谢你，让你为我操心了。不像我爸妈老打击我。”

“你爸妈对你最亲了，只是他们太心急，不会说话而已，你别跟他们计较。你先准备着，回头我和你爸妈说一下，咱们下星期一出发，我和你爸送你去。”

“好的！”孩子毕竟是孩子，二小高兴地跳了起来。

二小有了着落，柱子两口子高兴得把头发都染了，六女还染成了酒红色，被柱子数落好几天，说她有想法，六女道：“你不是也染了吗，难道也是有想法？”一下子说得柱子哑口无言。

柱子让李峰也染一下，李峰无奈地摇头：“我没有你俩的福气，白就白吧，反正早晚也得白。”

平静的岁月，悠悠而过，今天是一个特别的日子——兰芝的儿子要远赴武汉上大学。兰芝和张文韬本来是要送儿子去的，但孩子坚持不让，夫妻俩就放手让他锻炼一下。

送儿子去机场的路上，兰芝心里有些不舍，但更多的是为儿子骄傲，放眼望去，阳光好灿烂，好耀眼，天空那么蓝，那么远，心情也跟着豁然开朗。

等在机场换了登机牌，办好行李托运手续，看着儿子背着双肩包随着人流过安检时，兰芝的眼睛却湿润了。那个一饿就大声啼哭的婴儿，那个怎么也系不好红领巾的笨小孩，那个站在最高领奖台上神采飞扬的少年，从这一天起，他迈向了一个新的起点。这是兰芝这么多年唯一欣慰的，无论自己多么辛苦，多么无奈。

生活犹如一张网，有时候，本来完全不相干的几个人却由一个个偶然形成的节点连接起来，一些人的命运轨迹便也悄然改变了。

儿子上学后，由于远通大厦要整体转租，兰芝只得把剩下的衣服趁村里庙会时便宜抛售了。“不让你干，你偏要干，你就没有经商的头脑。”兰芝每天都要听张文韬的数落和埋怨。

“给你。”

“啥？”

“你让单位同事借给我的一万元钱。”

看着张文韬把钱急匆匆地装到黑色皮夹里，兰芝更加坚定了要再次创业的决心，以前，她选择忍气吞声、妥协让步是要给孩子创造一个安定的学习环境，如今儿子去了外地上大学，她不想再顾虑那么多了。

兰芝在省里一所中学对面开了家快餐店，装修加买厨房用品只用了一个月就开业了，她雇了一个面案师傅和两个服务员，天不亮就亲自去菜市场买菜。第一天开张就收入近千元，兰芝高兴地给老妈报喜。

“孩子，你干吧，自己挣点养老钱，妈这里还有三万元，我让小亮带给你。”

“够了妈，您留着自己用吧。”

“文韬最近忙啥呢，他过去帮忙吗？他不是买了辆新车嘛，早晨让他开车送你去买菜。”

“他单位忙，我能行。”放下电话，兰芝低下了头，自从开张到现在，一直没有见过张文韬的身影。这么多年的夫妻竟陌生到这种地步。这么多年，兰芝为了有一个幸福的家，每天都努力把所有的事情做好，哪怕是一顿早餐，一碗稀饭，都格外用心地去做，可往往换来的是他的一顿数落和挑剔。

“姐，我从上海回来了，你在哪儿？我请你喝茶。”

“你来家里喝吧，我最近买了几斤花茶可香了。”兰芝接到大学毕业后已在上海成家的弟弟的电话很是兴奋。

“姐，我请你吧，咱们去省城最好的一家茶馆，品点红茶，金骏眉、大红袍都行。”

兰芝也不知从何时开始喜欢上了喝茶，尤其是红茶和茉莉花茶。

“姐，我先给你泡金骏眉吧，金骏眉属于红茶的一种，有暖胃的作用，所以适合秋季和冬季饮用。你身子发寒，没事多喝点这类茶。”

兰芝赶紧接过小亮递来的茶，汤色红润，她轻轻地喝了一口，温润香浓。

“姐，我们在上海和朋友聚会、谈合作都是去茶馆喝茶，不像咱们这里那些人每天喝得晕晕乎乎的，伤了身体还耽误时间。喝茶自古就是中国人的传统，喝茶要会品茶。你看我这杯绿茶，冲泡之后，茶芽朵朵，叶脉青绿，似片片翡翠起舞，颗颗叶片卧底后，饮之唇齿留香，回味无穷。在南方大都喝西湖龙井，那是我国的第一名茶，产于浙江杭州西湖一带，龙井因‘色绿、香郁、味醇、形美’四绝著称于世，外形光扁平直，色翠略黄，滋味甘鲜醇和，香气幽雅清高。不过这茶适合夏天喝。”

“我尝尝。”兰芝轻呷一口，闭目回味，睁开眼时觉得周围的世界都亮了。“你再说说还有什么茶？”兰芝好奇又兴奋……

一片片茶叶在水中翩跹起舞，欣赏着茶的舞姿，倾听着怀旧的音乐，姐弟俩犹如回到过去一般。烧水、烫杯、泡茶、续水……每一道程序小亮都极为讲究地进行，不知不觉中已经过去两个多小时了。

“姐，小宇已经上大学了。你不能一辈子在家待着，现在家家有电脑，每个人都在马不停蹄地为自己充电。你不要把自己圈在一个小圈子里，这样就落伍了。对了，你的那个快餐店最近怎么样？”

“还行，已经半年了，估计明年就能收回投资啦。你今天一叫我喝茶，我也有了新思路，下午和晚上过了吃饭高峰，店里就闲着，干脆我也进点茶，批发点图书，把其余的时间利用起来，不也能增加收入嘛。”

“对啊，姐，好主意，我找同学帮你设计规划一下，要有品位、有文化、有意境。”

“小亮，谢谢你，请我喝茶还喝出一个思路来。”

“姐，你一直是我的榜样。来，干杯。”

喝茶，喝的是一种心境，感觉身心被净化，滤去浮躁，沉淀下的是深思。茶是一种情调，一种欲语还休的沉默，一种热闹后的落寞。茶是对春天记忆的收藏，在任何一季里饮茶，都可以感受到春日那慵懒的阳光。每到下午或晚上，兰芝坐在听雨轩，倒上一杯茶，看着茶叶的翻卷也常会生出许多对人生的感悟。“一壶好茶一壶月，满天乡愁相思夜，梦中千年匆匆过，天涯看云飞；一壶好茶一壶月，只愿月圆勿再缺，万里乡情满腔爱，今夜伴月回……”如水的音乐静静流淌，轻轻地呷一口手里的香茗，皎洁的月光洒落在脸上。此刻，心如月，宁静而纯美。

兰芝的“家味道营养快餐店”和“听雨轩茶馆”渐渐成了学校门前的一道风景，下课铃一响，孩子们纷纷过来买一份两菜一汤的自助餐，找一个安静的角落，随手拿一本喜欢的书，不负时光，也不负青春年华，兰芝欣慰不已。

每天起早贪黑让兰芝感到无比的充实，每个星期她都和儿子开视频通话，孩子加入了学生会，每天也是忙得不亦乐乎。儿子的努力上进，也激励兰芝参加了各种培训。这几天兰芝忙着在店里搞周年庆典，想利用双休日，通过赠书活动鼓励爱读书的孩子们。

张文韬每天都要换洗衬衣，这天兰芝有些疲惫，前一天的衬衣忘了洗。

“我明天穿啥？”张文韬瞪着眼走到兰芝床前。

“哦，我给你找。”一起身子，兰芝眼前一黑跌倒在地。

“你咋了？在外面精神，一回家你就装病。”张文韬一下子把兰芝拽起来。

“我有点累，你自己找一件衣服吧。”

“我哪里知道衣服在哪儿放着？晚上我出去吃饭，一会儿你给我找出来。”张文韬毫不心疼地摔门出去了。

兰芝躺了一会儿，觉得口渴，慢慢起来到厨房倒了一杯水，想起要为张文韬找衣服，一转身，突然连人带杯子一下子摔倒在地上。等她醒来时，发现自己已经躺在医院里，左手腕和小拇指包扎着，一阵阵钻心的疼痛袭来，腿也抬不起来。原来连日的忙碌让兰芝忘了吃降压药。

母亲坐在床前，含着泪眼说道：“你这是为了啥？差点把命丢了。”

“妈，你咋来了？”

“你们店的小马给我打电话说你在医院，我和你表哥打了个车就过来了。”

“文韬呢？”

“你表哥给他打了电话，他说在单位开会，可能一会儿就到吧。”

兰芝在医院住了一个星期，手上的伤慢慢恢复，但是左手的小拇指似乎被伤了筋骨再也伸不直。出院后，她没有回家，直接起诉与张文韬离了婚。

半世夫妻，一朝分离，张文韬留着原来的家，兰芝搬到前两年买的一套小单元里。经营一个家不容易，拆散一个家就在一念之间，兰芝以为最初的几天自己会失眠，不料独自躺在一张大床上，却有一种前所未有的放松，她一觉睡到天亮。

没事的时候，兰芝会与郭亚鑫煲煲电话粥，不过郭亚鑫现在是医生，忙得厉害，所以一般都是郭亚鑫空闲的时候找她。

兰芝与郭亚鑫相识的时候，两人还都是天真未凿的女孩，光阴流转，她们各自在不同的地方成家立业，变成妻子和母亲。她们之间的交流，大到社会热点，小到学生时代的糗事趣事，却很少提及各自的婚姻情况，从不像其他的已婚女人那样，随时就开起那种肆无忌惮的玩笑。

李峰是一个禁忌，兰芝那敏感的态度让郭亚鑫从不轻易提起他。现在大家都人到中年，平时不关心的养生话题也开始关心了，郭亚鑫早就忘了当年对李峰的保证，随意地说起来："李峰还是那么能折腾，可钱挣多少算多呢？生不带来死不带去的，当年那场病难道转过身去就忘了？"

"李峰，那场病？"兰芝纳闷地问道，"那是哪一年的事？"

"哪年？天长日久这倒不记得了，容我想想……哦，那年香港回归，1997 年，大街小巷都是彩旗，举国欢庆的时候偏偏李峰得了重病。"

听兰芝这边久久无言，郭亚鑫就说道："瞧我这臭嘴，难怪你不知道，是李峰隐瞒了消息，咱们同学几乎没人知道，尤其是你，他是坚决不让你知道的。当时你们——"她说，"你俩已经领证，准备结婚了。"

"是吗？"虽说得云淡风轻，兰芝心里却似翻江倒海，灰蒙蒙的眼前却似出现了一丝光亮。

这天晚上，兰芝做了一个梦。

梦开始的时候她就在火车上，不知道从哪里来，也不知道往哪里去，只记得自己随着拥挤的人潮上了车。她座位旁靠窗口的位置已经坐了一个人，在梦里虽看不清面目，但兰芝知道那是李峰。他已经不认识兰芝了，兰芝也没有招呼他。她默默地在他身边坐下，车行到午夜，四周一片冰凉，只有他周身的空气似乎是温热的，这种温热感一直笼罩着梦中的兰芝。

好像是窗外有什么响动惊醒了她，但她依然闭着眼睛，仰躺在床上一动不动。回想梦里的一切，那种温暖的感觉还不曾消散。其实这么多年来，兰芝并没有经常想起李峰，因为高中那段岁月两人只是彼此暗恋，直到多年后的相遇和相爱，两人才算真正有了感情基础。可最后柱子递来李峰给她的绝情信，把所有的刻骨铭心击打得粉碎。时过境迁，如今不知为什么竟做了这么个没头没尾的梦。别了近二十年，如果真在现实中相见会怎么样呢？千年前，苏东坡有一首悼念亡妻的《江城子》说，“纵使相逢应不识，尘满面，鬓如霜”。也就是如此吧，纵然鬓未成霜，却再也找不到当年的人面桃花了。

她轻轻地叹一口气，翻身准备再睡。却不知何时，眼睛里已经蓄满了泪水，这一侧身，眼泪倾泻，瞬间打湿了枕巾。

花开花落，云卷云舒，岁月在每个生命上都刻下了年轮，两鬓有些发白的李峰，面容依然英挺，腰身依旧笔直。花花大学毕业后留在了北京的一家外资企业，结婚快三年了，一直没有要孩子，非要去法国留学回来后再考虑孩子的事。李峰跟她夫妻二人说了几次，可女大不由娘啊，李峰只盼他俩早日学业有成，给自己生个外孙，让他享受享受天伦之乐。是啊，这么多年，他对不起两个人，一个是过世多年的彩霞，一个是从小没妈的花花，至于兰芝，在当年，他没有更好的选择，也许放手更是一种爱的表达。

兰芝坐在电脑前，面前放了一杯茶。一夜安眠，晨光清朗，再有香茗陪伴，心情惬意如风。茶要一口一口地饮，才会让人心神荡漾。推窗，几缕煦暖安然的阳光，轻轻柔柔地铺泻下来，落了满地流光飞舞的碎影。趁着这一室的静雅和清幽，轻啜一口那沁香微润的毛尖，顿觉神清气爽。

前一阵子，兰芝听了一堂关于喝茶之道的课，人生如茶是一个动态比喻，道家把人一生的艰辛经历浓缩于一壶茶水中。少年时期犹如刚沏泡的头道茶水，涉世茫然，茶水混浊需摒弃泡沫，冲洗茶具，才能让后续的茶汤清澈见底；青壮年时期像二道茶，是因为二道茶含茶碱和茶多酚最多，喝起来有较浓的青涩苦味，所以用这种二道茶水的青涩苦味来形容人生青壮年时期打拼艰辛；第三道茶水是最醇、最甘甜、最有韵味的，所以用这道茶来形容人生中年后的成果收获期是最恰当不过的；茶叶冲泡到第四道时，茶水清淡，会让人回味留恋前一道的清爽神韵，因此，用第四道茶水来形容人生步入老年时期的清淡生活。这就是人们常用“人生如茶”这个词来形容人生的由来。

兰芝心存与李峰分手那一年的一个最大的疑虑，但她不敢去问任何人。一天，她去了县一中后面的那座古塔。这一年的秋天来得格外早，落叶随风飘扬洒满了去往古塔的路。兰芝双手捧起黄色的树叶，抬头仰望天空。

然后，她看到了树下的那个人。这一瞬间她石化了，表情，呼吸，甚至心跳，都在刹那间定格。

“是你吗，李峰？”

“谁？你认错人啦。”当那个身材挺拔的中年男子回过头时，兰芝不好意思地笑了笑。难道自己真的老了？

兰芝终于鼓起了勇气，她向亚鑫要了李峰的电话，他一定也老了，她要搀着他，与他一起白头。

一个在电话这头，一个在电话那头，有多少话，都想在这一天说尽，直到嗓子嘶哑了，眼睛模糊了，两人才停下来，静静的。

兰芝忽然说：“李峰，你知道我父亲是怎么去世的吗？”

李峰一愣，他知道兰芝幼年丧父，那是她心底的隐痛，平时他们都很少提及这个问题。

兰芝也并不要他回答，因为她从未在他面前提起过这件事，她自顾自地说下去：

“我爸爸是出车祸死的。那天是星期天，我爸给矿上拉煤，夜黑，车翻到沟里，爸爸再也没有回来。我妈说，这就是命。李峰，不管你信不信命，你都应该相信我们生命中有无数人力无法控制的意外，谁都是顶着冥冥之中不可预知的炸弹生活，但那又怎么样，我们总要试着把生活过成自己想要的样子。”

李峰心中震动，细听兰芝的每一句话。

兰芝将手机紧贴耳朵，她似乎听到了李峰的呼吸声和心跳声，她双目迷蒙，陷入对往日的回忆中。在许多的阴差阳错之后，老天终究又给了他们一份厚爱，让他们在这样的年纪知道了应该如何度过余生。

李峰忽然在电话里喊道："兰芝，明天晚上你在河边等我，记得给我带杯茉莉花茶。"

在去河边的路上，李峰的车被一辆超速的卡车碰翻，这次，他真的走了。

他的口袋里装着一枚蓝宝石戒指，脸上带着浅浅的笑意。

夜晚，昏昏欲睡间，兰芝的眼前呈现出一副模糊的景象：门打开了，有人轻轻进来了。那人在她的脸边轻轻地喘着气，用自己的脸，温柔地、甜蜜地蹭着她的脸。她知道那个人是他。不一会儿，他松开了拥抱着她的手，嘴唇也离开了她的唇，他的身影渐渐地消失了，唯有一丝温暖存留。她沉浸其中，脑海中闪过一幕幕五彩缤纷的青春回忆，仿佛又一次回到了那年的河边。